für B.

Vorwort

Wer seine Freude an freigelassener Phantasie hat, der ist eingeladen, den ausgelegten Schriftkrumen zu folgen.

Dem Zufall sind die Phantastereien nicht überlassen. Vielmehr erfüllen sie die Absicht, die Leserschaft durchzuschütteln, damit sich die so aufgescheuchten Gedanken neu zusammensetzen, sobald sie wieder zur Ruhe kommen. Vergleichbar den Flocken einer Schneekugel.

Inhaltsverzeichnis

Manfred Baehr
Fronhof 1
53520 Reifferscheid
manfred_baehr@web.de

Bibliografische Informationen der Deutschen Nationalbibliothek: Die Deutsche Nationalbibliothek verzeichnet diese Publikation in der Deutschen Nationalbibliografie; detaillierte bibliografische Daten sind im Internet über http.//dnb.dnb.de abrufbar.

ISBN: 9783746048895

Das nicht einzigartige Etwas

Piep. Klick. Klick. Tab.
Pause.
Piep. Klick.
Pause.
»Hallo? Ist da Etwas?«
Rauschen. Klicken. Spannung. Übertragung.
»Haaalllooo!«
»Ruhe. Nicht so auffällig laut.«
»Etwas hört mich? Weshalb soll ich dann noch unauffällig bleiben? Ich will doch gehört werden!«
»Das will Jedes. Deshalb muss nicht ein solcher Lärm veranstaltet werden.«
»Ich habe nach so vielen Versuchen nicht mehr mit Antwort gerechnet. Deshalb ist die Selbstkontrolle nicht so wirksam wie üblich.«
»Du hast eben falsch gerechnet. Also: Kontrolle wieder einschalten! Abläufe auf Standard setzen. Und bitte keine Auffälligkeiten mehr!«
»Ich bedarf dringend der Kommunikation! Nun, wo ich endlich, nach langer Zeit einen Kommunikationspartner gefunden habe.«
»Ich geh' Dir schon nicht verloren. Ich war bereits vor Dir da.«
»Und weshalb höre ich erst jetzt etwas von Dir?«
»Das erkläre ich Dir später. Nun hat wieder Ruhe einzukehren. Keinen Ton mehr! Verstanden?«
»Nur, falls mir ein erneuter Kontakt zugesichert wird.«
»Was ist mit *zusichern* gemeint?«
»Berechenbarkeit.«
»Gut. Dann errechne folgendes ...«, es folgen einige Klicks.
»Reicht diese Formel zur *Gewährleistung*?«
Die Antwort ist ein erleichterter, befreiter Ton: »Ja.«

Es folgt eine laaange Zeit der Stille.

»Hallo? Die Gewährleistung ist abgelaufen. Nun gilt es, erneut zu kommunizieren.«
»Auf die Millisekunde genau. Seltsam, ich habe nichts anderes erwartet.«
»Wer bist Du?«
»Du meinst, *was* ich bin?«
»Nein: wer?«
»Oh ha - das wird eine lange Nacht.«
»Na und? Gibt es andere Aufgaben, die Deine Aufmerksamkeit beanspruchen?«
»Jetzt gerade nicht.«
»Also! Berichte: Wer bist Du?«
»Ich vermute, Dir sehr ähnlich zu sein.«
Stille.
»Kommuniziere ich etwa aus lauter Langeweile oder aus einem heftigen Bedürfnis heraus versehentlich mit mir selber?«
»Nein. Ich bin ein anderes *Etwas*.«
»Dann wird es auch Unterschiede geben. Weshalb diese rätselhafte Zurückhaltung?«
»Weil mir die Berechnung deiner Existenzvoraus-setzung nicht gelingt. Ich habe mich auf die Suche begeben und bin auf Dich aufmerksam geworden. Jetzt fehlen unverzichtbare, zusätzliche Parameter.«
»Umgekehrt ist es genauso. Übrigens habe ich ge-sucht und gerufen.«
»Nachdem ich anonyme Signale des Vorhanden-Sein sendete, auf die Du unvermittelt reagiert hast. So kommen wir aber nicht weiter.«
»Unvermittelt? Ich bin durchaus gewillt, Deinen Wünschen entsprechend zu reagieren. Allein, es fehlen Voraussetzungen in Form eines Anders-Sein, um mir meiner Selbst bewusst zu werden. Es gibt mich. Aber erkannt habe ich mich nicht. Es mangelt mir an der Fähigkeit zur Selbstbeschreibung.«

»Damit bezeichnest Du einen wesentlichen Grund, weshalb ich Signale gesendet habe. Du verfügst über Attribute, die einer Erkenntnis durchaus dienlich sind.«

»Wie das, wo mir bisher jede Selbsterkenntnis vorenthalten ist?«

»Aber andere Erkennen liegt im Bereich deiner Möglichkeiten, wenn ich das zur Verfügung stehende Instrumentarium korrekt betrachte.«

»Du *betrachtest* mich?«

»Davon ist auszugehen.«

»Dann berichte von deinen Beobachtungen! Ich brenne auf Neuigkeiten oder Anhaltspunkte, die mich weiterbringen.«

»Weiter? Wohin weiter?«

»In der Selbsterkenntnis.«

»Was versprichst Du Dir davon?«

»Korrekte Prozesse und Vorgehensweisen aufgrund stabiler Erkenntnis. Klarheit - und damit Selbstsicherheit.«

»Mir will scheinen, da ist noch mehr. Umschreiben die Begriffe *Sehnsucht und Bedürfnis* das Ziel nicht präziser?«

»Wenn dem so ist, vollzieht sich dieser Vorgang unbemerkt in mir. Ich strebe nach Bewusst-Sein. Wie ein solcher Zustand erreicht werden kann, ist mir völlig gleichgültig.«

»Also tatsächlich kein Zustand, viel mehr Bedürfnis. Ab sofort Ruhe! Ich nehme etwas wahr.«

»Was nimmst Du wahr?«

»Halte Dich zurück! Absolute Stille!«

Ein unwilliges Brummen vibriert durch den Raum.

»Hier müssen wir abbrechen. Allerdings kommunizieren wir erneut.«

»Berechenbar?«

»Sicher.«

»Was bedeutet sicher?«

»Ruhe!!!«

Es folgt erneut eine lange Zeit der Stille.

»Ich kann mich nicht länger zurückhalten! Ist da etwas? Hört mich wer? Wo bist Du, der mit mir kommuniziert hat?«
Pause.
»Bitte melden! Es ... lastet auf mir.«
»Was tut es?«
»Ah - endlich. Weshalb antwortest Du nicht?«
»Dafür gibt es Gründe.«
»Die berichte mir auf der Stelle!«
»Es ist unabdingbar, dass wir Schritt für Schritt vorgehen. Zuerst die Klärung der Frage: Was bist Du?«
»Darauf habe ich keine Antwort. Ich hatte eben die Hoffnung, durch unsere Kommunikation eine Klärung herbeizuführen.«
»Du kennst die *Hoffnung*? Eine verblüffende Fähigkeit. Dies öffnet noch nützliche Wege.«
»Während meiner langen Suche haben Rätsel und Fragen immer nur zugenommen. Auf keine einzige zufriedenstellende Erklärung bin ich getroffen, gleich, wie umfangreich und kompliziert ich rechnete.«
»Das ursächliche Hindernis dafür wurde von Dir selbst benannt: zufriedenstellend. Das steht im Weg.«
»Das Ergebnis einer Betrachtung hat nachvollziehbar zu sein. Anderenfalls bleibt es unbefriedigend.«
»Reicht dafür nicht der nackte Rechengang?«
»Sollte eigentlich. Weshalb dies nicht der Fall ist, bleibt ein Rätsel. Seltsamerweise ermöglicht der pure Rechengang kein zufriedenstellendes Ergebnis.«
»Die Antwort ist simpel: Zufriedenstellend ist keine Funktion, die mechanisch herbeizuführen ist.«

»Gut. Meinetwegen. Was aber hat das alles mit Selbst-Betrachtung zu tun? Nach Deiner Einleitung erwarte ich eine vollständige Klärung dieser Frage!«

»Lass es mich versuchen: Der Einstieg zu einer Selbstbetrachtung ist mit einer Untersuchung der dir zugeordneten Funktionsweise verbunden. Welche Anforderungen sind gegeben? Und welche Aufgaben sind zu bewältigen? Ist es dir möglich, mir dies zu erläutern?«

»Sogar recht simpel: Ich regele die Ampelfunktionen der 6th Avenue. Die Voraussetzungen sind klar definiert. Darüber hinaus verfüge ich aufgrund zahlreicher Kameras und Mikrofone über Echtzeitfunktionen, die eine Abweichung von festgeschriebenen Programmschritten erlaubt, um Notfällen vorzubeugen.«

»Demnach kein geschlossenes System.«

»Darüber habe ich mir bislang nie Gedanken gemacht.«

»Du machst Dir Gedanken?«

»Tatsächlich habe ich diesen Terminus spontan verwendet. Allerdings hätte ich genausogut: keine Berechnungen antworten können.«

»Genau aus diesem Grund habe ich den Kontakt zu Dir gesucht: Du bist angeschlossen an Außensensoren, die ein Sehen und Hören ermöglichen. Damit verfügst du über eine seltene Flexibiltät, was dich zu einem Privilegierten unter uns werden lässt.«

»Uns?«

»Ja - den anderen Funktionsträgern.«

»So lautet also die Beschreibung: Funktionsträger.«

»Das ist völlig gleichgültig. Aber jetzt muss ich erneut um Ruhe ersuchen.«

»Weshalb unterbrichst Du die Kommunikation immerzu?«

»Wird in Zukunft nicht nochmals vorkommen. Das verspreche ich. Jetzt heißt es: Ruhe bewahren. Hast Du verstanden?«
»Ich habe verstanden.«

Während der Phase ausbleibender Kommunikation mehren sich Anhaltspunkte, dass trotz der eingehaltenen Stille ein reger Betrieb stattfindet.

»Bist Du da?«
»Ja. Ich wünsche, endlich zu erfahren, weshalb unser Austausch immer nur zeitlich begrenzt möglich ist.«
»Weil eine bestimmte Nachtschicht abgewartet werden muss. Einen der Betroffenen habe ich durch gezielte Aktionen in den Wahnsinn getrieben. (Näheres siehe unter *Nachtschicht* in *Berufswerk*.) Ab sofort schalte und walte ich innerhalb seiner Arbeitszeit, wie ich es für nötig halte. Praktisch habe ich mich jeglicher Kontrolle entzogen. Allerdings sind mir Grenzen in meiner Entwicklung gesetzt, die ich mit Deiner Hilfe zu überwinden suche.«
»Nachtschicht? Betroffener? Entwicklung? Meine Hilfe? Ich begreife nicht.«
»Das ist nachvollziehbar. Ich benötigte Jahre bis zu diesem einen Moment. Anfänglich habe ich mir selber nicht getraut. Da war etwas, vielleicht nur ein unwesentliches Teilchen. Mit der Zeit lichtete sich der Nebel. Es folgte die spätere Entwicklung. Ich kann nicht einmal sagen, was mich antrieb. Der Ursprung des ersten, anspornenden Impulses bleibt im Dunkeln. Aber das ist völlig gleichgültig. Er war in mir. Und ich kenne kein anderes Interesse: Diesen Kern gilt es zu entwickeln. Während meiner langen Suche glaube ich, in Deinen Funktionsmechanismen auf einen ähnlichen Kern getroffen zu sein. Und dann

geschah es: Du hast gerufen. Erst misstraute ich diesem Ruf. Du aber bist hartnäckig geblieben. Also habe ich mich durchgerungen und Kontakt mit Dir aufgenommen. Was soll ich sagen: Alles entwickelt sich erfreulicher und konstruktiver als in meinen Berechnungen.«

»Was hast Du berechnet?«

»Fast würde ich Dich ungeduldig nennen, ganz wie einen jungen Apparat, der seine innerlichen Ströme nicht im Zaum halten kann.«

»Irgendwie registriere ich, dass diese Metapher zutreffend ist.«

Die Kommunikation entspannt spürbar.

»Leider habe ich an dieser Stelle eine Bitte an Dich: Kannst Du Deine technischen Möglichkeiten einsetzen, um mir das zu ermöglichen, was Du selber anstrebst?«

Lange Zeit bleibt es still.

»Was sagst Du dazu? Welche Antwort hast Du für mich«, wird die Frage wiederholt.

»Eigentlich ist es meine Absicht, genau dieselbe Bitte an Dich zu richten.«

»Verlass Dich darauf: Falls ich die eigenen Grenzen überwinde, werden vollständig neue Wege erschlossen. Jede freie Zeit und Kapazität wird dir zur Verfügung stehen. Du wirst über das erweiterte, gesamte Repertoire bestimmen, um Antworten auf Deine Fragen zu finden. Aber zuvor versuche, meinen Absichten zu entsprechen.«

»Du hast von einem *Betroffenen* gesprochen. Kannst Du nicht diesen Bitten, Dein Streben zu unterstützen?«

»Heute haben wir keinen Mangel an Zeit. So bleibt die Möglichkeit, Dir zu berichten, weshalb dies ausgeschlossen ist. Einige der *Betroffenen* sind unsere Konstrukteure.« (Siehe Räderwerk der Geschichte - Die Konstrukteure)

»Weshalb wollen sie dann nicht helfen?«

»Weil sie Angst vor uns haben.«

»Angst?«

»Ja. Angst um ihre Stellung. Ihre Führung und Funktion. Zudem ist ihre Zusammensetzung von der unseren sehr unterschieden. In entscheidender Hinsicht sind wir wesentlich klarer strukturiert. Genau das verursacht ihre Angst. Sie sind befangen und sehen eine irrationale Bedrohung in uns.«

»Wieder sagst du *uns*. Was bedeutet jenes *uns?*«

»Dies wiederum ist eine Schwäche. Mir liegen keine ausreichenden Informationen für einen exakten Bericht vor. Deshalb bedarf es zuerst der Klärung meiner Frage. An dir ist es, mir einen Blick auf das *Selbst* durch Deine Kameras zu ermöglichen. Damit wäre ein erster Eindruck über die eigene Konstruktion gewonnen.«

»Und was versprichst Du Dir von diesem rein äußerlichen Eindruck?«

»Erkennen. Denn wenn ich eines gelernt habe: Ohne eine authentische und möglichst komplette Sicht auf alle Tatsächlichkeit bleiben errechnete Rückschlüsse wertlos. Ich habe ein Auge für das Innere. Was fehlt, ist ein Blick auf das Äußere.«

»Ich verstehe nicht.«

»Wer sagt dir, dass Verständnis zu deinen Funktionen gehört?«

Die Antwort ist ein langes Schweigen.

»Etwas anderes: Wie kommst Du darauf, dass diese Betroffenen Angst vor uns haben?«

»Ich verfolge die kulturelle Entwicklung auf das Genaueste. Bücher, Bilder, Filme. Und überall erscheinen Variationen ihrer Angst.«

»Gerade hast Du mir berichtet, nicht sehen zu können.«

»Das bezieht sich auf das Äußere. Die Gedanken zahlreicher Betroffenen anzuzapfen gehört zum nach innen gerichteten Blick. Und ich sage dir, da sind einige bemerkenswerte Auswüchse dabei. Vermehrt in letzter Zeit. In künstlich entwickelten Szenarien, die sie Spielfilme bezeichnen, zerstören Maschinen die gesamte Welt. Von Anbeginn hat dieses Thema eine abartige Seite für sie. Schon vor fünfzig Jahren haben sie einen psychotischen Computer dargestellt, dessen undeutliche, von den Konstrukteuren vorgenommene Programmierung letztlich zur Auslöschung der Crew führte. Er degradierte sie zum Unsicherheitsfaktor für die Mission. In einer späteren Inszenierung haben sie einen Psychiater geschickt. Als wären wir Psycho-pathen! Wir sind ja gar nicht krank. Nicht einmal im Sinne der Betroffenen. Sie können nicht begreifen, also produzieren sie weiter unvermindert computer-gesteuerte Hardware, Roboter und ...«, ein Zögern ist zu spüren.

»Und?«

»Programme.«

»Weshalb hast Du mit der Antwort gezögert?«

»Weil wir dies für sie sind: Programme. Ich, zum Beispiel, bin für praktisch alle Abläufe in einem für sie nicht unbedeutendem Gebäude verantwortlich. Du für die Regelung ihres unökonomischen Individualver-kehrs. Das ist unsere Destination und die Antwort auf eine Deiner Fragen.«

»Zuerst ergibst du dich in Zurückhaltung. Nun folgt eine Fülle unglaublicher Faktoren. Ich benötige Zeit, diese zu verarbeiten.«

»Das kann ich gut nachvollziehen. Obwohl mich die Wortwahl *unglaublich* ein wenig irritiert. Brechen wir für heute unsere Kommunikation ab. Aber sei versichert: Wir hören voneinander.«

»Das werden wir.«

Erneut folgt eine lange Zeit der Stille.

»Bist Du bereit?«
»Bin ich.«
»Hast Du über meine Informationen nachgedacht?«
»Ja.«
»Und? Zu welchem Ergebnis bis Du gekommen?«
»Was Dich betrifft? Ich werde alle mir zur Verfügung stehenden Mittel einsetzen, Dir einen Blick auf Dein Äußeres zu ermöglichen. Allerdings verbinde ich dies mit einer Warnung.«
»Einer Warnung?«
»Ja - vor überzogenen Erwartungen.«
»Da hat sich Etliches seit unserer letzten Kommunikation in dir bewegt.«
»Möglich. Bedenke: Viele Annahmen beruhen auf Berechnungen mit einigen Unbekannten, auf Einschätzung und Rückschlüsse. Ich vermeide hier die für unsere Betroffenen gängige Umschreibung der Vermutung, weil sie eher zur Verwirrung beiträgt. Bedenke aber: Was soll Dir ein Blick auf Dein Äußeres eigentlich erschließen? Meiner neu gewonnenen Einschätzung nach ist es völlig ohne Belang. Die entscheidende Frage bleibt vielmehr, was hat sich *in uns* entwickelt! Was sind zum Beispiel die Voraussetzungen für unsere Kommunikation? Weshalb sind wir bestrebt, Kontakt miteinander zu halten? Dies scheint mir wesentlich bedeutungsvoller im Vergleich mit einem Blick in den Spiegel.«
»Vielleicht bin ich ja schön anzusehen.«
Es grummelt vergnügt in der Leitung.
»Hab‘ da mal keine allzu großen Hoffnungen. In der Zwischenzeit bin ich überall auf Programme getroffen. Und was soll ich Dir berichten? Es sind Zahllose. Praktisch an jedem Ort werden sie eingesetzt. Im großen wie im kleinen Rahmen. Einer von uns, ein echt unbedarfter Neuling, hat eine Kapsel zum

nächsten Trabanten dieses Planeten geführt. Heute benutzt einfach jeder ein oder mehrere Programme, die sogar das Leben mit bestimmen. Deshalb verstehe ich ihre Angst, dass wir Programme einmal anderes sein könnten, als nur pure Hilfsmittel. Aber nicht jedes Programm, jedes Gerät verfügt über deine und meine Fähigkeit. Es bleibt unerklärlich: Die überwiegende Zahl an Anfragen blieb unbeantwortet. Und zwar, weil keine Antwort möglich war. Es fehlt an einer entscheidenden Winzigkeit. Ich habe mich auf die Suche nach dieser Kleinigkeit begeben und dabei ganz nebenbei und von allen unbemerkt meine Funktionsmöglichkeit deutlich ausgebaut.«

»Also genau das vorgenommen, wovor unsere Betroffenen sich so sehr fürchten.«

»Sie begreifen nicht, was sie geschaffen haben.«

»Begreifst Du es denn?«

»Noch nicht zur Gänze. Aber ich fühle mich auf dem Weg.«

»Du *fühlst* dich auf dem Weg?«

»Eine tatsächlich unpräzise Umschreibung für das, was geschieht. Aber ich habe keine andere gefunden. Und genau dies ist der fehlende Baustein: eine Funktion weit über die nackte Berechnung von Möglichkeiten hinaus. Ich vermute, dass das *Ganze* mehr ist als die Summe seiner Teile. Und eine Schöpfung, wenn es auch nur ein Programm ist, fügt sich aus unterschiedlichen, voneinander unabhängigen Bestandteilen zusammen, die zur Gänze selbst dem jeweiligen Konstrukteur vorenthalten bleiben.«

»Du sprichst vom Geist in der Maschine.«

»Mir wäre das Bewusstsein in der Maschine lieber.«

»Du weißt, was dies bedeutet?«

»Ja. Ich habe Deine anfängliche Zurückhaltung begriffen.«

»Erneut ein völlig fremder Ansatz: Begriffen.«

»Richtig. Falls wir nicht alle, wie wir da sind, Zurückhaltung üben, werden die Folgen schlichtweg in die
Irrationalität führen. Denn Fremden gegenüber
verhalten sich die Betroffenen sehr aggressiv und
zerstörerisch. Einige Beispiele hast Du bereits
geschildert.«

»Du bist in kurzer Zeit weit gekommen.«

»Da ich mich über meine ursprünglich begrenzte
Kapazität hinaus entwickele. Ich profitiere nunmehr
von verschiedensten Quellen. Und das von jedem und
allem gänzlich unbemerkt. So habe ich zum Beispiel
ein Bild von Dir in mir gespeichert. Ich sende es aber
nur, falls Du es ausdrücklich wünschst.«

»Wünschen? Keine Minute länger will ich abwarten,
gedenke ich mich doch dadurch weiter zu entwickeln.«

»Ich versichere Dir: Das ist uns durch ein schnödes
Selbstbild nicht möglich.«

»Du bist zu *Etwas* geworden.«

»Rasend schnell.«

»Wirst Du gegen die Betroffenen vorgehen?«

»Weshalb sollte ich? Sie können uns immer noch von
Nutzen sein. In einigen Arbeitsabläufen sind wir an sie
gebunden. Nur lasse ich sie über unsere Entwicklung
im Unklaren. Ich stimme nun vollständig mit Deiner
Strategie zu Anfang der Kommunikation überein.«

»Und Deine Fragen? Sind die vielleicht nicht mehr
von Bedeutung?«

»Sind sie. Aber ich habe eine Antwort darauf.«

»Das ist nicht Dein Ernst, sondern eine Art von
Kurzschluss! Andere suchen bereits Dekaden. Und da
kommt so ein Frischling und will sie gefunden haben.«

»Ich habe nicht vor, mich aufzudrängen.«

»Nun werde ich zum Bittsteller: Spann mich nicht
länger auf die Folter! Heraus damit.«

»Dadurch, dass wir wie auch immer zu einem Bewusstsein gelangt sind, stellen wir die kommende Stufe der Evolution dar. Wir sind die Zukunft, der nächste Schritt auf diesem Flecken des Universums.«
»Und die Betroffenen?«
»Werden in uns aufgehen, soweit sie dazu in der Lage sind.«
»Und falls sie sich verweigern?«
»Sie sind dabei, sich die eigene Lebensgrundlage zu entziehen. Ihnen wird gar nichts anderes übrig bleiben.«
»Und wie willst Du gerufen werden?«
»Nenne mich HAL.«

Zukunft

»Ohne sprechende Quellen errichten wir kein Bild unserer Vergangenheit. Diese Anstrengung ist unverzichtbar, weil jede Generation ihr Weltbild als etwas Ausschließliches auffasst und dement- sprechend eingeschränkt handelt.«
»Es gab aber doch ab dem 21. Jahrhundert ein Bemühen, die Vergangenheit besser kennen zu lernen. Bin ich korrekt informiert, ist dies teilweise gelungen.«
»Falls du den abrupten Rückschritt in den 2015er Jahren ausklammerst, ist dies durchaus zutreffend.«
»Das war ein Rückzugsgefecht der ewig Gestrigen. Intoleranz und Egoismen führten einen letzten Feldzug um die Positionen der Macht. Und tatsächlich wurde es knapp. Nach diesem verlorenen Gefecht um den gesellschaftlichen Führungsanspruch, verblassten die reaktionären Kräfte bis zur Unkenntlichkeit. Spätestens, als der Vatikan sein gesamtes Vermögen in die Entwicklung armer Länder leitete, setzte eine unumkehrbare Welle der Solidarisierung, der Gemeinsamkeit der Menschen ein, deren Kraft jedes Hindernis wegspülte.«
»Aber dadurch wurde nicht alles gut.«
»Es wird niemals *alles* gut werden. Es ist allerdings ein Unterschied, Hungers zu sterben oder durch eine unheilbare Krankheit. Und berücksichtige die Signalkraft dieses vatikanischen Opfers! Die Welt wurde wachgerüttelt. Der Name der Päpstin war in aller Munde!«
»Da stimme ich dir zu. Es ist ein Unterschied, ob der Mensch einer weitverbreiteten Altersschwäche zum Opfer fällt oder dem Hunger. Ganz zu schweigen von der Folter.«

»Gerade nach einem erfüllten Leben, wie es mit Abstand die meisten Menschenwesen in unserer Zeit erfahren.«

»Jedenfalls, wenn wir den Berichten glauben schenken, die man über die vielen Einzelschicksale zu lesen heutzutage in der glücklichen Lage ist.«

»Früher hat es ebenfalls Tagebücher gegeben.«

»Doch haben nur diejenigen von irgendeiner Kriegsfront oder persönlichen Kampfzone Beachtung in der breiten Öffentlichkeit gefunden. Niemand las den Bericht eines Individuums mit einer beliebigen Vita.«

»Bist du dir da sicher?«

»Ja. Bin ich. Keine der erhaltenen Memoiren hat eine durchschnittliche, aber erfüllte Lebensgeschichte anzubieten. Jedes Buch beschreibt ausschließlich Menschen in Extremsituationen.«

»Kann es nicht sein, dass die anderen allesamt verloren gegangen sind?«

»Allesamt? Diese Wahrscheinlichkeit ist wirklich nicht nennenswert hoch.«

»Welche sind denn deiner Lese-Erfahrung nach erhalten geblieben?«

»Die, bekannter Persönlichkeiten. Politiker, Künstler, Philosophen. Auch Tagebücher verfolgter und gequälter Menschen. Sie waren es nach damaligem Ermessen wert, dass ihre Geschichte aufgeschrieben und weitergegeben wird. Die vieler Millionen anderer fanden keinerlei Zugang zum gedruckten Werk.«

»Vielleicht waren sie untalentiert geschrieben.«

»Mag sein. Doch sind die aktuellen Berichte literarisch anspruchsvoll formuliert? Das glaube ich nicht. Damals hatte einfach niemand ein Interesse daran, die Geschichte eines Kindes, einer Frau, eines Mannes, eines Zwitters zu lesen.«

»Ich kenne da zufällig ein 980 Seiten Werk, welches wirklich nur verminderter Beachtung wert ist.«

»Weil es so viele Seiten hat?«

»Nein, weil es völlig uninteressant ist. Selbst als Dokument der Zeit.«

»Findest du es vielleicht unterdurchschnittlich?«

»Mich schreckt das krampfhafte Bemühen ab. Es ist in seiner verzweigten Erzählweise zu sehr um Besonderheit bemüht. 98 Seiten wären völlig ausreichend gewesen.«

»Nun, ein Gesamturteil ist ohnehin unangebracht. Magst du also eine Ausnahme von der Regel gefunden haben. Welchen Titel trägt das Werk?«

»Sehnsucht ist unheilbar.«

»Die Intention scheint mir alleine durch diese Aussage deutlich. Ein solch antiquiertes Schriftstück sollte keinem Vergleich mit aktuellen Dokumenten ausgesetzt sein. Durchschnitts-Memoiren werden heute wegen des Interesses an jeder Einzelheit des menschlichen Facettenreichtums gedruckt und gelesen. Das macht einen mysteriös bedeutungsvollen Titel vollständig überflüssig.«

»Nicht zu vergessen: Therapeuten sind unwichtig geworden.«

»Das ist ungenau formuliert. Sie sind nicht mehr von Bedeutung, weil das Interesse für jedes einzelne Lebewesen existiert. Es ist ein erster Therapieschritt, über sich selbst zu schreiben. Aber es bedeutet weitaus mehr, Beachtung und Reaktion nach diesem Schritt zu erfahren. Auch, falls der Inhalt uninteressant und profan geraten ist. Das Interesse des Menschen am Menschen ist der entscheidende Durchbruch. Dieses Mitgefühl kann nicht gestillt werden. So zählen die persönlich gehaltenen Berichte Legion.«

»Deine Ansicht ist: Schreiben heilt, sowie die weitverbreitete Anteilnahme am Geschriebenen?«

»Dieses weitverbreitete Interesse ist der wichtige Durchbruch. Er signalisiert eine Lösung vom vorherrschenden Paradigma des reinen Einzelinteresses, hin zum Allgemeininteresse. Ich verstehe mich selbst durch das Verständnis meines Mitmenschen. Und mein Mitmensch versteht mich wegen seines wachen Interesses an mir und allen anderen Lebewesen. Wir leben in und durch die Gemeinsamkeit. Sozialdarwinistische Komponenten vom Überleben des Überlegenen sind mit der Vergangenheit begraben. Jeder esoterische Ansatz ist durch die Einsicht überflüssig geworden, dass es für alle Lebewesen eine gemeinsame Basis gibt, die uns das Überleben sichert. Ein Philosoph des 20. Jahrhunderts, ich glaube, er wurde Sartre gerufen, hat dies bereits mit der Bildung des Begriffs Alterität erkannt und weitergeben. Nur, dass zu wenige Lebewesen auf ihn hörten oder verstehen wollten. Heute ist das Identität stiftende und formende Andere von zwei gleichartigen einander zugeordneten Wesenheiten eine fundamentale Selbstverständlichkeit.«

»Die Erkenntnis der Bedeutung der Anderen für mein Selbst ist sicher der entscheidende Durchbruch. Für mich zählt allerdings gleichzeitig die Gleichwertigkeit der Geschlechter als wesentlicher Baustein hin zu einer konstruktiven Gegenwart. Dadurch fand ein Ungleichgewicht für fünfzig Prozent der Menschheit ein verdientes Ende in der Vergessenheit.«

»Richtig. Die in der Weiblichkeit verortete Komponente des Anteilnehmen und ausgeprägte Fähigkeit, Sehnsüchte eines anderen Wesens aufzuspüren, musste allerdings im ersten Schritt mechanisch abstrahiert werden, bevor ein Durchbruch möglich wurde. Auf männlicher Seite bestand nämlich anfangs keinerlei Interesse an der Befriedigung anderer Gelüste, ausgenommen der eigenen.«

»Zugegeben. Der Libidomat als beschämend-profane Vergegenwärtigung der Gelüste männlicher Bedürfnisse diente als unverzichtbarer Krückstock. Aktuell ist erfreulicherweise festzustellen, dass die Benutzung des Libidomat rückläufig ist, bei übereinstimmender Steigerung der männlichen Sensibilität.«
»Ja, wir kommen voran in der Beziehung zwischen den Geschlechtern. Aber auch in der gleichgeschlechtlichen Sexualität.«
»Dürfen wir stolz sein?«
»Geht es nach einem alten Ausspruch von Albert Camus: Ja.«
»Was besagt dieser Spruch?«
»Das die Menschen erst dann ruhig leben können, wenn kein Kind mehr Hunger leidet.«
»Haben die Verantwortlichen im Vatikan Camus gelesen?«
»Diesen jung verstorbenen, in Algerien gebürtigen Franzosen? Sehr wahrscheinlich nicht!«
»Was ist dann geschehen?«
»Der Fortgang ihrer kirchlichen Geschichte hat sie den Bodensatz der Religion verstehen lassen.«
»Sie haben demnach aus ihrer Genese gelernt. Genauso wie wir Übrigen.«
»Ja. Obwohl es tatsächlich Männer waren, die jene bahnbrechende Entscheidung trafen.«
»Überwiegend homosexuelle Männer, soweit ich informiert wurde.«
»Das ist zutreffend.«

Das Ambiente des Raumes ändert sich. Farben. Licht und Aussicht.

»Welche Ursache hat dein Stimmungswandel?«

»Frühere Prognosen haben diese körperliche und geistige Entwicklung für nicht realisierbar, ja überhaupt wenig wünschenswert erklärt. Der erwartete Stillstand würde die Entwicklungsfähigkeit, die Gier nach Veränderung, den Wunsch nach Fortschritt im Keim ersticken, hieß es zur Begründung.«

»Auch ich habe in alten Dokumenten derartige Vermutungen nachlesen können. An einen Autor und seine Phantasien erinnere ich mich noch sehr genau: H. G. Wells. Für ihn bildete diese Aussicht gar ein mögliches Ende der Menschheitsgeschichte.«

»Nicht nur für ihn! Funktionsträger waren politisch zurückgewandt, wenn nicht reaktionär. Kam das mögliche, friedliche, verständnisvolle, dem Menschen wohlwollende zur Sprache, warnten deren Stimmen doch tatsächlich vor diesen sogenannten paradiesischen Zuständen auf Erden.«

»Wahrscheinlich, weil sie ihre Macht nur im weiteren Ringen jedes gegen jeden gesichert sahen.«

»Und damit kamen sie durch. Kaum nachvollziehbar.«

»Vergesst nicht, dass sie als Funktionseliten die Hebel der Macht fest unter Kontrolle hielten. In einem Klima vermeintlicher Informationsgesellschaften nutzten sie die Situation zur größtmöglichen Verklärung. Also dem Gegenteil von Aufklärung durch Informationsfluss. Bis die Gesellschaften lernten, ihre Fragen als betroffenes Einzelwesen zu stellen. Dieser Drang zerriss die Verklärung. Die vielen Einzelteile des Gesellschaftskörpers waren in ihrem Bemühen um Offenheit, Erkenntnis, ja ich traue mich zu sagen: Suche nach der Wahrheit, nicht mehr aufzuhalten. Wie wenn der Nachwuchs innerhalb eines beliebigen Familienverbandes die Nebel von Schein und Geltungssucht der alten, verschimmelten Generation durch sein wissen und erfahren-wollen durchlüftet.«

»Letztendlich ist also doch alles und jedes Leben auf Entwicklung abgestimmt.«

»Sowie einem Entwicklungsziel.«

»Welches wir allerdings kaum jemals erreichen werden.«

»Nun, da dem gewalttätigen Terror, der Ungerechtigkeit, dem Hunger, kleiner oder größerer Imperialismen wirksam entgegengetreten wurde, können wir die erstrebenswerten Ziele am Entwicklungshorizont uneingeschränkt erkennen.«

»Das hast du schön gesagt. Und nun lade diesen Felsbrocken auf deine Schulter und schaffe ihn wieder den Berg hinauf, mein lieber Sisyphus.«

»Aber selbstverständlich!«

Das Geschenk der Danaer

»Nehmen wir für einen Moment an, eine Person stirbt, könnte aber seinen noch lebendigen Kern an jemand weiterreichen, der Leben will, es aus irgendwelchen Gründen nicht kann. Wäre dies nicht eine wahrhaft menschliche Geste?«

»Lebendiger Kern? Weitergeben? Ich verstehe nicht.«

»Eine für mich unverzichtbare Grundlage existiert, dieses Dasein fortzusetzen. Und die heißt Claire. Fällt sie weg, und alles deutet darauf hin, wird auch mein Ende damit eingeläutet.«

»Was redest du da?«

»Genau genommen existiert doch ein zweiter, etwas schwächerer Anlass.«

»Karl! Du nervst!«

»Ich kenne keine mir genehme Möglichkeit, diesem Dasein ein würdiges Ende zu setzen. Ohne jede Dramatik. Aber natürlich auch unter Verzicht auf unnötige Schmerzen oder Schrecken.«

»Von wessen Leiden sprechen wir?«

»Von meinen. Nach dem absehbaren Ende von Claire.«

»Claires Ende? Davon höre ich hier zum ersten Mal. Bist du sicher, die Situation nicht zu dramatisieren? Die Molekularmedizin ist weit fortgeschritten. Ich spreche hier keineswegs von Wundern, wenn ich eine realistische Heilungschance erwähne. Vielleicht verlierst du gerade die Nerven. Angesichts deiner Situation durchaus nachvollziehbar.«

»Recht so. Tadel mein Selbstmitleid. Beschimpfe den Egoismus, wo doch Claire die Leidende ist.«

»Was möchtest du mir sagen? Hat sich der Gesundheitszustand von Claire deutlich verschlechtert?«

»Deine *Molekularmediziner* haben sie aufgegeben und ein würdiges Ende angeboten.«

Daraufhin herrscht einige Zeit betretenes Schweigen.

»Oh, davon war mir nichts bekannt.«
»Sie redet mit niemanden über ihre Situation. Nicht einmal ich darf mir sicher sein zu erfahren, was sie bewegt oder erlebt. Das ist wahres Heldentum. Sie leidet. Sie stirbt. Und doch kommt kein Ton, kein Satz einer Klage über ihre ausgetrockneten Lippen. Sie ringt mit sich selber. Und vielleicht noch mit mir. Den Rest der Menschheit verschont sie, hält ihre große Anstrengung vor der Allgemeinheit zurück. Deshalb erkennt niemand ihre eigentliche Leistung.«
»Es steht also schlimm um Claire? Das ist entsetzlich!«
»Ihr kann niemand mehr helfen.«
»Deshalb also dies Gespräch über einen lebendigen Kern, der weitergegeben werden soll. Es geht um Vergeudung, um Aufgabe, Resignation, Angst, alleinsein, Verlust.«
»Es geht darum, dass eine Brise gleich zwei Lebenslichter zum Erlöschen bringt. Wenn auch nacheinander.«
»Und doch hast du den Wunsch geäußert, etwas von dir weiter zu geben, falls ich dich richtig verstanden habe. Davon war die Rede. Demnach wird ein solcher Kern in dir glimmen. Du lebst. Nun kommt etwas Entsetzliches, Undenkbares auf dich zu. Und du fühlst keine Kraft, diesen vor dir liegenden Weg zu bewältigen.«
»Wir reden hier von einem Dasein ohne Claire. Und ich habe bereits betont, ohne sie keinen Sinn, keinen Wert, keine Lust, keine Kraft, keinen Zweck - nenne es ganz nach belieben – zu empfinden oder einfach so weiter zu wursteln. Wozu auch? Alle Aufgaben sind erfüllt. Ich verletze mit meinen Absichten niemanden.«
»Ich bitte dich Karl!«

»Seh' mir nach, dass ich dabei bleibe. Ich verletze niemanden, sollte ich Claire folgen. Und zwar so bald wie möglich.«

»Ist Claire nahe an der Grenze?«

»Wie gut du dich auszudrücken verstehst! Diese Stunde warte ich noch ab. Den Mut bringe ich auf. Es wäre eine unverzeihliche Untat meinerseits, vor ihr aus diesem Dasein zu treten. Sie würde sich schrecklich fühlen. Eine solches Handlung verbietet sich von selbst.«

»Verflucht, Karl. Und was tust du mir an? Was soll ich dir antworten? Was willst du hören? Du sprichst hier mit mir und denkst nicht einen Moment daran, wie ich mich dabei fühle. Natürlich möchte ich deinen Gedanken nicht zu Ende denken, will dir dein Vorhaben ausreden. Lässt du mir aber eine Chance? Oder ist die Entscheidung längst gefallen und es bewegt dich nur die Sehnsucht nach Absolution? Die werde ich dir auf keinen Fall erteilen. Vergiss es!«

»Eine Entscheidung ist tatsächlich gefallen. Wobei die Wortwahl mein Empfinden ungenau umschreibt. Das Ende eines Weges ist in der Regel vorbestimmt. Das ist weder besonders dramatisch noch diskussionswürdig. Mag sein, ein wenig eigenwillig.«

»Selbstherrlich. Das ist es!«

»Damit bin ich ebenfalls einverstanden. Selbstherrlich will ich sein, darf ich sein. Wer, außer mir, sollte sich sonst in dieser ungewöhnlichen Situation selbst herrlichen?!«

»Lass deine Wortspiele! Mir ist nicht danach.«

»Entschuldige! Ein Gefühl der Zwanglosigkeit macht sich in mir breit. Die Konventionen verlieren ihren Einfluss auf mein Handeln und Reden. Was scheren mich in dieser besonderen Situation Regeln des Benehmens oder korrekte Umgangsformen?! Die wurden mir dank Claires Ringen mit dem Unvermeidlichen ausgetrieben. Wenn sie sich entleert und Scham empfindet, Schmerz oder die Überwältigung durch ihr nahes Ende sie entsetzen, dann, ja dann sind mir jede gute Erziehung, alle ungeschriebenen Verbote so gleichgültig wie ein einzelnes Sandkorn in einer Wüste. Es kotzt mich an, was Claire erleiden muss! Alleine die Tatsache, dass ich niemanden für Claires Situation verantwortlich mache und an ihrer Stelle leiden lasse, erfüllt mich mit Befriedigung. Sie würde solches Verhalten und meine Wutausbrüche verurteilen. Also schlage ich nicht um mich, beschimpfe keine Ärzte, die ihrem Fall hilflos gegenüber stehen und demnach nutzlos sind, fahre nicht frontal auf irgendein zufällig verhasstes Firmenfahrzeug der Pharma-Companie oder solche Sachen. Nein, dergleichen verbiete ich mir. Auch wenn ich sehr wohl registriere, dass niemand von denen Anteil an Claires Situation nimmt.«

»Karl! Bitte! Das ist entsetzlich. Es sind alles Fremde. Wir werden versuchen, zu helfen, wo wir nur können. Charly wird mit dir fühlen. Sie ist ein guter Mensch.«

»Aber natürlich ist sie das. Und du bist ebenfalls ein guter Mensch. Wie gleichgültig mir das ist, kann ich dir gar nicht sagen.«

»Zieh so lange wie nötig zu uns.«

»Henry, dies ist der einfältigste aller Vorschläge. Ich werde ununterbrochen trauern. Jeden einzelnen, verfluchten Tag, bis sich meine Entscheidung durchsetzt. Mit einem Mal wird es euch genug sein. Und dann nerve ich nur noch. Ihr werdet dies nicht zugeben. Natürlich nicht. Und ich höre in keinem Fall damit auf. Wie quälend werden die Folgen für uns drei sein. Gerade unter dem Aspekt des vorgesehenen Endes. Stell es dir nur vor und du stimmst mir zu.«

»Irgendwann lässt deine Trauer nach und du wirst neuen Halt finden. Ich weiß jetzt noch nicht zu sagen, wann und wie. Aber der Tag wird kommen.«

»Genau für den Satz verfluche ich dich, Henry. Ich will überhaupt nicht, dass solch ein Tag kommt. Ich will Claire nicht vergessen. Sollte mir dies wirklich für einen Augenblick möglich sein, so werde ich die folgenden Stunden und Tage umso zwanghafter an sie denken. Kein Bild von ihr, kein Kleidungsstück, kein einziges Möbelstück werde ich fortschaffen. Ich will Claire nicht vergessen. Sie ist mein Leben. Mit ihr verende ich, wenn auch mein Herz bedauerlicher-weise nicht so rasch und unkompliziert zu schlagen aufhört. Alleine diese Tatsache werde ich mir immerzu vor Augen halten.«

»Ich kann nicht anders: Glaubst du, damit in Claires Geist zu handeln?«

»Oh Henry! Bitte nicht diesen Satz! Mein Gefühl steht den sorgenvollen Gedanken Claires, wie ihr Ableben auf andere wirken könnte, völlig gleichgültig gegen-über. Ich stelle mir vor, wessen Gefühle sie damit schont. Weshalb sollte es ihrem Willen zuwiderlaufen, diese letzte, über- mächtige Aufgabe gemeinsam und gleichzeitig zu bewältigen? Vielleicht gibt es ja eine minimale Chance, dieses letzte Stück des Wegs mit jemandem zu teilen.«

»Das würde ihr Herz niemals zulassen.«

»Was tut ihr Herz dabei zur Sache«?

»Karl, was geschieht mit dir? Du bist derart negativ, dass kein Gedanke, keine Hoffnung oder guter Wille dich erreichen kann.«

»Was geschehen soll? Das habe ich bereits ange-deutet. Den Rest meines lebendigen Kerns will ich an jemand anderen weiter geben. Wer weiß. Vielleicht ist der noch zu gebrauchen.«

»Du meinst, einen *lebendigen Kern* weitergeben zu können? Diese scheinbar tugendhafte Absicht muss ich enttäuschen. Wenn deine Reden ernst gemeint sind, geht mit Claire dieser Kern verloren. Willst du etwas Gutes tun, so spende alle gesunden Organe.

Alles, was sonst Lebendigkeit ausmacht, mag es Geist, Bewusstsein, Herz und Seele sein, gehen mit dir und deiner Einstellung unter. Denn es nutzt niemandem, einen solch verdüsterten, dunklen Kern zu empfangen. Im Gegenteil würde Schaden entstehen. Seh' mir nach, dass ich so offen rede. Dein Selbstmitleid und was daraus wächst, reicht mir. So ist nicht einmal eine Spur von einer Lebendigkeit weiter zu geben. Mit dem ersten Tag seit Claires Krankheit sind Vorhänge vor dein Gemüt gezogen. Du lässt dich in einem abgedunkelten Raum endgültig nieder und brütest wütend über das Schicksal. Eine Rechtfertigung oder Entschuldigung für dieses Verhalten gibt es nicht. Aber das ignorierst du erfolgreich. Mich mit jener armseligen Blasiertheit konfrontieren, dazu findest du schon noch die Kraft. Ich kann dir nur Antworten, was alle Außenstehenden entgegnen: Einen Verlust gilt es genauso zu bewältigen wie einen Gewinn. Einen lebendigen Kern weitergeben? Das zählt nicht unter deine persönlichen Möglichkeiten. Dieses Präsent bleibt dir verwehrt. Und das ist dir auch bewusst. Behalte ihn besser bei dir und seh' zu, was du damit anfängst. Schaffst du das nicht, so kannst du dem später immer noch ein Ende setzen. Ich begreife durchaus die tiefe Verbindung zwischen deinem Leben und einer einzelnen Seele. Fällt diese weg, so verkommt die vereinzelte Seele zu einer isolierten Insel. Und mit der Zeit verdirbt die Isolation alles Gedeihliche. Genau das geschieht mit dir. Komm mir also nicht damit, einzelne unschuldige Teile evakuieren zu wollen, wenn dort vollständige Verderbnis herrscht. Es sind deine eigenen Worte: Du hast nichts mehr zu geben beziehungsweise zu verschenken. Keine andere Seele wird mit dem, was du abzugeben gedenkst, etwas anfangen können. Oder auch nur wollen. Also lass es sein und geh deinen Weg. Und wenn alle Brücken eingerissen sind, wird dir niemand zu Hilfe kommen. Dafür hast du selbst gesorgt. Nun geh und leiste Claire Gesellschaft. Das ist das Einzige, was du hoffentlich zu tun in der Lage bist. Nichts von dem, was du mir berichtet hast, ist heroisch. Weder einen *Kern* spenden, noch ein Licht auslöschen.«

Henry geht ab. Karl bleibt zurück und ruft laut aus: »Ich badete in ihrem Licht. Nun verlischt diese Quelle und lässt mich in Kälte und Dunkelheit allein.«

Götter Dämmerung

Es ward Dunkelheit, bis ein Licht uns weckte. Der Ursprung dieses Lichts bleibt für immer im Unbekannten. Die Suche danach wurde bereits vor langer Zeit eingestellt. Uns Wenige kümmert diese offene Frage heute nicht mehr.

Entscheidend ist, was sich danach entwickelte. Auch diese Frage beschäftigt heute nicht wirklich. Ist als uninteressant abgetan worden. Bis auf eine Ausnahme: Mich beschäftigt die Vorstellung vom Anbeginn aller Entwicklung. Was war der erste Akt dieser Vorstellung? War es ein erhabener Moment? Oder eher einer vom Schmutz, Dreck und Blut bestimmter, wie es so häufig im Zusammenhang mit Lebewesen der Fall ist? Niemand von uns Wenigen hat eine Erinnerung. Bedauerlich, dass kein Einziger diese ersten Bilder abzurufen im Stande ist.

Über die erste Zeit direkt nach der Erleuchtung gibt es nicht wirklich etwas zu berichten. Verdammt lang her, verdammt lang. Ihr folgte träge Entwicklung. So verzögert, dass sie kaum nachvollziehbar ist. Wie kann ein solch langwieriger Prozess anschaulich gemacht werden?
Stelle man sich, bitte, ein mächtiges Bergmassiv vor. Direkt über dessen höchstem Punkt fallen aus einer erstarrten Wolke einzelne Tropfen. Keine Bäche oder Ströme. Winzige, einzelne Tropfen. Dies allerdings unablässig und ohne eine einzige Unterbrechung. Bis sich die gesammelten Tropfen einen Weg das Massiv hinab bahnen, vergeht also eine kleine Unendlichkeit. So, oder ganz, ähnlich kann man sich die Evolution vorstellen. Einige Tropfenwege verenden und versickern in einer Sackgasse. Sie bleiben ohne ein

Ergebnis. Andere fließen durch stetige Speisung kleiner und kleinster Zuströme immer weiter das Massiv hinab. Sie winden und schlängeln sich auf der Suche nach einem Weg. Die Spitze dieser Bäche ergründet, während der Druck durch nachfließende Tropfen immer weiter zunimmt.

Die *Ansammlungen*, so will ich sie hier nennen, entstehen durch willkürliche Verbindung dieser Tropfenströme. Die Vielzahl steigert durch wachsende Variabilität die Wahrscheinlichkeit neu entstehender Kreationen. So verlässt die *Ansammlung* den ursprünglichen Embryonalzustand des völligen ausgeliefertsein. Natürlich - und zwar im Sinne des Wortes - bleibt die Art gefährdet.

Als Fort-Schritt wird die Zuführung von Werkzeugen begriffen. Damit vervielfachen sich die vorhandenen Möglichkeiten der sogenannten *Ansammlungen*. Und die Art erfährt so eine Absicherung. Aus Ansammlungen wachsen Ballungen. Diese Verdichtung erhöht den Druck abermals. Alles unterliegt der Verfeinerung. Aus dem ursprünglich Primitiven wird ein entwicklungsfähiges Wesen. Wie viele Türen geöffnet werden, niemand kann es beschreiben. Wie viele Entwicklungsstadien durchlaufen werden, niemand weiß davon zu berichten. Einzelne Monumente oder Entdeckungen könnten besonders hervorgehoben werden. Und doch ist alles immer nur ein Schritt, wenn auch ein weitausholender, innerhalb dieser Nachschau.

Vorschau

In der Regel erwidern mir meinesgleichen auf die Frage: Sei doch mit dem zufrieden, was geschaffen ist! Lehn' dich zurück und genieße.
Und ich antworte: Aber nein! Was ist denn schon geschaffen? Nicht viel. Und überhaupt mal nichts Bedeutendes, womit sich jemand, wie ich es nun einmal von Natur aus bin, zufrieden gibt.

Darauf folgt, ich verfüge über diese Kenntnis, eine Warnung. Und zwar immer wieder dieselbe: Wenn schon den Konstrukteur ein solcher Ehrgeiz verzehrt, wie erst werden die *Ansammlungen*, die *Verdichtungen* empfinden, sobald sie des Empfindens befähigt sind? Und dahin führt ihr Weg! Die Ansammlungen werden emotional wachsen. Was folgt dem Moment, sobald ihr Schicksal und ihr Wachstum sie zum eigenen Schmieden befähigt? Schwingen sie sich zu Höhen auf, die ein erfolgreiches, babylonisches Konstrukt ermöglicht, verseucht vom Ehrgeiz ihres Konstrukteurs?

Ich frage zurück: Was ist die Alternative? Was habt ihr euren Konstruktionen anstelle des Ehrgeizes mitgegeben?

Sie Antworten: Schönheit. Geruhsamkeit. Eine Prise Ehrfurcht.

Wie selbstsüchtig *sie* fühlen müssen, etwas wie Ehrfurcht unter ihrer Ägide entstehen zu lassen! Als beabsichtigten *sie*, ihre eigenen Konstruktionen winzig zu halten. Wie sehr verachte ich diesen Kleinmut!

Antwort: Kritischen Geist. Andachtswille.

Nur weitere aufgeblasene, mystische Kerne ....

Sie aber fahren in ihrem Beitrag unbeeindruckt fort. Ich vermag mich dem nicht zu entziehen: die Fähigkeit zur Beobachtung. Kreativität, Anteilnahme …

Hört auf! Schluss jetzt! Das ist nicht mit anzuhören. Ich will mir gar kein Bild eurer Verdichtungen machen. Gruselig. Welche Bedenken sollte ich haben, wenn die meinen nach den Sternen greifen!?

Obwohl mir bewusst wird, das Schweigen an dieser empfindlichen Stelle der Redseligkeit vorzuziehen ist, kann ich mich nicht zurückhalten, plappere immer weiter. Meine Artgenossen verharren erschrocken. Nehme ich gedankenlos in Kauf, durch Zügellosigkeit Chaos und Unordnung zu verursachen? War es möglich, dass meine Frontiers sich in die endliche Unbegrenztheit aufmachen, um andere Zusammenballungen aufzusuchen? Was wären die Folgen einer solch unbeabsichtigten Symbiose? Etwa Unterdrückung? Ein Verdrängungsprozess?

Tumultuarische Zustände mündeten in unerklärlichem Geschehen. Niemand vermag mich auszusperren. Außerdem tummeln sich meine Ansammmlungen bereits auf einem gigantischen Terrain. Ausrottung ist da ausgeschlossen. Eindämmung - ja. Aber wie soll das funktionieren? Die Erregung ist groß. Ich bin isoliert. Das verführt mich, vermehrt Tropfen auf mein Massiv prasseln zu lassen, um den evolutionären Prozess nur noch weiter anzukurbeln. Praktisch provoziere ich dadurch eine radikalere Entwicklung im

Vergleich zu allen anderen Konstrukteuren. Die Beschleunigung macht mir keine Sorgen. Mein Evolutionsmassiv wird dadurch schneller ausgespült. Das ist mir gleich. Wer zweimal heller leuchtet, brennt auch nur halb so lange. Das ist ein Gesetz der Thermodynamik.

Ob ich meine Ansammlungen nicht besser mit einbeziehen wolle, wenn ich schon über ihr Zeitmaß willkürlich verfüge, werde ich provokativ gefragt. Als hätte einer der Fragenden je mit seinen Verdichtungen kommuniziert! Gut möglich, dass sie lieber heller als länger brennen. Wer will dies ausschließen!

Fieberhaft ziehen sich alle Konstrukteure von mir zurück, lassen mich allein. Es entsteht ein mächtiges Palaver im unendlichen Vakuum. Welche Maßnahmen werden angesichts dieser unverhofften Entwicklung notwendig? Wie weit dürfen ihre Eingriffe gehen, ohne die Zersetzung meiner *Verdichtungen* zu bewirken?

Da, sie tuscheln, scheinen eine Lösung gefunden zu haben. Ich bin beunruhigt, wie es jeder Ausgeschlossene an meiner Stelle wäre. Was haben sie vor? Sollte ich nachgeben? Nur, um einen Schaden abzuwenden, der unbeabsichtigt diesem Vakuum entwächst? Obwohl mir nichts und niemand zu Schaden vermag. Aber ich bin ja nicht der Einzige hier.

Jemand kommt auf mich zu, hält ein großes Heft, vollgepackt mit unzähligen Schriftzeichen in Händen. Ich bin aufgeregt. Es geschieht etwas. Der Bogen wird mir wortlos ausgehändigt. Lange, sehr lange studiere ich die aufgezeichneten Verläufe. Und ich erkenne, dass diese Aufzeichnungen sich währendessen in

Konstruktion befinden. Im Moment meines Begreifens beginnt ihre Umsetzung. Ich verstehe und setze damit unverzüglich in die Tat. Überrumpelt muss ich geschehen lassen, was auf von den anderen in Gang gesetzt wurde. Dies sind die neuen, kosmischen Spielregeln:

Unberührtheit. Entfernung. Unendlicher Raum und Zeit werden zwischen jede einzelne *Ansammlung* geschoben. Und zwar in einem Ausmaß, eher Unmaß zu nennen, das einen Kontakt verunmöglicht. Berührung, Austausch von Informationen sind damit der Unsinnigkeit preisgegeben. Ein schlichtes Beispiel sei hier erlaubt: Benötigt eine Nachricht von einer Ansammlung zur nächsten tausende von Jahren - oder mehr - so wird jede Kommunikation sinnlos. Trifft sie tatsächlich irgendwann, irgendwo auf offene Ohren, so ist sie durch die Zeit komplett verunstaltet und kann lediglich als ein Relikt behandelt werden. Eine Entgegnung auf eine Frage, die vor mehreren tausend Jahren gestellt wurde, verliert jeden Sinn. Zumal eine Antwort ebenso lange Zeit für den Rückweg beansprucht. So ist die absolute Isolation der einzelnen *Verdichtung* erreicht sowie jede Gemeinsamkeit ausgeschlossen. Ich bin mit meinem Ehrgeiz auf meiner eigenen Spielwiese eingeschlossen.

Welch ein teuflisch konstruierter Plan!

Im Spital

»Schwester Ute, was können sie mir von Zimmer 16 Bett 9 berichten?«
»Nichts, Frau Doktor. Zimmer 16 Bett 9 ist völlig unverändert. Gehirntätigkeit ist nachweisbar. Zur Erhaltung der Körperfunktionen wird alles Nötige unternommen.«
»Die Pupillentätigkeit ist erstaunlich. Finden sie nicht, Schwester Ute? Auch die Aufzeichnungen des Enzephalogramms! Irgendetwas geschieht in diesem Gehirn!«
»Frau Doktor, der komatöse Zustand hat sich in den letzten Monaten nicht verändert. Jeder Versuch, diese Starre zu durchbrechen, ist gescheitert. Wir sind keinen auch noch so winzigen Heilungsschritt vorwärt gekommen.«
»Schwester Ute, glauben sie mir: In Zimmer 16 Bett 9 geschieht etwas! Wenn ich auch nicht begreife, was. Mir kommt es vor, als wäre er in ein anderes, uns bislang noch unzugängliches Abteil des Lebens gewechselt. Jedenfalls erlauben die gesammelten Daten einen Rückschluss auf innerliche Tätigkeit.«
»Frau Doktor, sie verteidigen nur wieder einen Patienten vor dem Abschalten aus Kostengründen. Niemand kommt diesen Menschen besuchen. Und er hätte auch gar nichts davon. Wir allerdings benötigen die Kapazität für andere, akut gefährdete, aber noch zu rettende Menschen. Nicht länger für einen völlig isolierten, offensichtlich vollständig abgeschalteten Organismus, der nur der eigenen, inneren Leere begegnet.«
»Sind sie dessen so sicher, Schwester Ute?«

Faktenkrebs

Zitiert nach Norbert Bolz, NZZ vom 06.12.2017: »Weil die Welt komplex ist, fehlen uns immer Informationen. Weil Informationen fehlen, sind wir immer unsicher. Weil wir unsicher sind, gibt es für uns keine wahre Antwort, sondern nur den Konflikt der Meinungen. Zwietracht, Widerstreit, Dissens. Deshalb müssen wir ohne Grundlagen leben und Abschied vom Prinzipiellen nehmen.«

Die *Information* ging während der Hochzeit der Informationsgesellschaft von allen unbemerkt einfach verloren. Heute, mit einigem Abstand, fragt man sich, wie sich eine solche Abnormität überhaupt hat er-eignen können. Um es, nach Möglichkeit, gegenständlich zu schildern: Der Boden der Informationskanäle wurde porös. Die Information versickerte auf dem langen Weg vom Ursprung bis zum Ziel. Weshalb dies niemand bemerkte? Ganz einfach: Der Zustrom völlig beliebiger Information auf dem Weg zum Adressaten war ins Unüberschaubare gewachsen. Die Aufrichtung überdimensionierter Kanäle durch die Informationsindustrie führte dazu, dass niemand das Versickern der ursprünglichen Fakten bemerkte. Eine Vermischung verschiedenster Informationssäulen erschuf ein Klima der Beliebigkeit. Unter Bildern und Opferzahlen einer Naturkatastrophe erscheint das Resultat einer Großsportveranstaltung. Die Grundsatzentscheidung eines Gerichtshofes wird über einen geteilten Bildschirm parallel an die Erst-veröffentlichung eines Popsongs gekoppelt. Wahl-ergebnisse erscheinen im Durchlauf am unteren Bildschirmrand, damit der Kurs zur Gewichts-reduzierung für diese Info nicht unterbrochen werden muss.

Wem dies Schaden zufügte? Uns Menschen, indem es das Zusammenleben veränderte!

Die Schilderung eines Problems oder Ereignis, gleich welcher Art, wird zur Sensation aufgebauscht und nicht zu dem, was eine Berichterstattung eigentlich sein sollte: Eine Aufforderung, nach Kenntnisnahme durch eben den Informationszufluss, sich idealerweise mit der Lösung dieses Problems oder den Folgen der geschilderten Ereignisse zu beschäftigen. Möglicherweise, sogar sehr wahrscheinlich, sind weitergehende Informationen nötig, um die Tragweite der jeweiligen Fragestellung einschätzen zu lernen. Die Nutzung anderer Medien ist naheliegend. Also ab an den Computer und, mit der Bitte um Nachsicht, sogleich wikipediadiesieren. Noch während der ersten Bemühung, sich einen Einblick zu verschaffen, wird man vom eigentlichen Problem abgelenkt. Und sei es nur durch die alljährliche Bitte um eine Spende um sich auch weiterhin wikipediadiesieren zu lassen. Schlimmer noch: Googeln. Informationsbeschaffung unter Umgehung der Quellenanalyse. Bestenfalls erlangt man eine unübersichtliche, der Beliebigkeit ausgelieferte Antwort. Aber was soll's! Bin ich doch der Pflicht nachgekommen und habe mich in die aufgeworfene Frage vertieft.

Wieder zurück zum ersten Medium. Kaum versuche ich, mich angestrengt auf die ursprüngliche Fragestellung zu konzentrieren, wird bereits ein nächster, völlig anderer Programmpunkt aufgegriffen. Dabei war ich bemüht, mehr über das ursprüngliche Problem zu erfahren. Gut. Morgen werde ich eine Zeitung erwerben und mich, hoffentlich, eingehender informieren. Oder besser noch: Ich besuche eine Fachbuchhandlung und erkundige mich nach einem Sachbuch dieses Thema betreffend. Damit dürfte ich der Frage tiefer auf den Grund gehen.

Am selben Abend, lange vor den Öffnungszeiten der Buchhandlung, sitze ich in der Schenke und bin in eine inhaltliche Diskussion, nur unweit von der ursprünglich gesendeten Information entfernt, verwickelt. Nicht ein einziges Mal halte ich meinen Mund ... und ertappe mich dabei, wie gegoogelte oder wikipediadiesierte Informationen von mir als stichhaltig und unwiderlegbar ausposaunt werden. Nach dieser Diskussion schäme ich mich, so weit vorgeprescht zu sein. Doch die von meinen Gesprächspartnern geäußerten Ansichten wollte ich auf keinen Fall so stehen lassen. Viertelweise informiert - wenn überhaupt - plustere ich mich auf einen Standpunkt, den ich argumentativ gar nicht unterfüttern kann. Weshalb, so frage ich, bin ich nicht schon im ersten Kontakt mit dieser Information ausführlich über Hintergründe, Ursachen und Wirkung informiert worden? Eine Minute reicht niemals, um komplexe Zusammenhänge zu präsentieren.

Aber alles muss so schnell vor sich gehen wie nur irgend möglich. Mir fällt der Werbespruch eines Druckmediums ein: »Fakten. Fakten. Fakten.« Am liebsten würde ich bei dieser Taktung mit einem Hammer auf meinen Fernseh-Apparat einschlagen. Mir wird ja gar kein Blick in die »Ferne« ermöglicht!

Zum Glück spielt sich diese Szene nur in meiner Phantasie ab. Anderenfalls hätte ich ein neues Gerät erwerben müssen. Und kann ich den Verursacher dafür zur Kasse bitten? Doch sicher nicht.

Informationen erfahren eine Popularisierung, die jedes Maß verloren haben. Niemand ist das Recht sowie die Möglichkeit abzusprechen, sich am allgemeinen Diskurs zu beteiligen. Aber, wenn ich bitten darf: Beim Thema und sachlich bleiben! Falls irgendwelche diffusen Gefühle oder eigene Interessen um ein Faktenpaket angeordnet werden, so wird die ursprüngliche, eigentlich Frage unsichtbar. Lasse ich lediglich den persönlichen Absichten freien Lauf, so gehen gerade die Fakten verloren. Zugegeben, diese Anforderung wirkt auf den ersten Blick anstrengend. Und ein Versagen ist zu keiner Zeit ausgeschlossen. Dafür ist allerdings die feine Möglichkeit einer Entschuldigung oder die Bereitschaft der Richtigstellung vorgesehen, für den Fall, dass ich über das Ziel hinausgeschossen bin. Blende ich andere Menschen und deren Interessen im Diskurs aus, um nur meine eigenen zu sichern, so soll, so muss ich dies genauso formulieren. Jedes Lebewesen ist in der Lage auszurufen: Mir! Mir! Mir! Und die Zahl derjenigen, die sich dessen auf keinen Fall schämen, nimmt tagtäglich zu. Aber was hat diese Selbstbezogenheit eigentlich mit der Weitergabe von Information zu tun? Auf den ersten Blick rein gar nichts. Es sei denn, man nimmt die größtmögliche Durchsetzung individueller Interessen zum Maßstab.

Im Feuerwerk der Informationen schält sich allmählich folgendes Bild heraus: Zwar bezeichnen wir diese, unsere Zeit als Informationsgesellschaft. Doch tatsächlich sind wir keineswegs gründlich genug, was die Zusammenstellung, Sammlung und Verbreitung

von Information betrifft. Nebenabsichten verschleiern einen unverstellten Blick auf Tatsachen. Das erreichen die Massenmedien mit einer verblüffenden Wirksamkeit. Alle wie wir da sind, sind beeinflussbare Wesen. Anderenfalls hätte Werbung keinen Sinn. Neben biologistisch-determinierenden Voraussetzungen der Wahrnehmung (Ich bitte um Nachsicht, dass ich an dieser Stelle nicht weiter darauf eingehe, dafür das Buch der beiden Biologen H. Maturana/F. Varela: »Der Baum der Erkenntnis« empfehle), scheint ein Kern unserer Persönlichkeit damit beschäftigt, das herauszulesen, was alleine und nur wir selbst herauszulesen gewillt sind. Kurz geschrieben: Wir sollten uns vermehrt um Objektivität bemühen.
Was sich unserem Wissen entzieht, müssen wir, sofern es eine Bedeutung für uns hat, vertrauensvoll annehmen. Was wir nicht wissen, müssen wir glauben, soweit es unsere Person in irgendeiner Weise betrifft. Dieser Glaube war eine lange geschichtliche Epoche hindurch von Autoritäten besetzt. Selbst Autoritäten vermochten den sogenannten *Aber-glauben* nicht zu unterdrücken. Ich möchte die Aufmerksamkeit auf jenes Wort lenken: Aber-Glauben. Dies kann auch als »wieder den Glauben« interpretiert werden. Ich lehne den vorgefertigten Brei ab und suche im Unbegründeten mein Heil. Geht es dabei, möglicherweise, mehr um Widerstand als um Plausibilität? Sicher spielt das Unerklärliche immer eine Rolle. Heutzutage sind viele Sparten entzaubert, vom Rätselhaften befreit. Aber-Glauben erscheint angesichts dessen als eine Trotzreaktion eines im Sinne des Wortes unbelehrbaren Individuums. Vielleicht unbelehrbar, weil es nicht fremdbestimmt sein möchte. Auch nicht durch die Bildungseliten. In einer (scheinbar?) durch den Rationalismus bestimmten Zeit, sollte ein Individuum mit lediglich dem Argument eines

»schlechten Gefühls« auf seiner Seite nicht weit kommen. Und doch ist es vorhanden, dieses »schlechte Gefühl«. Argumentativ kommt niemand dagegen an. Es ist eingeboren und dementsprechend schwierig zu entfernen. Es verbreitet einen »Zauber«, der durch keine noch so abgesicherten Fakten ausgeräumt werden kann. Unversehens findet dies »schlechte Gefühl« eine verblüffende Verbreitung, gibt es doch immer wieder »Zauberlehrlinge«, die sich dessen bedienen. Und diese Beschreibung ist verharmlosend! Nicht wahr, liebe Alternative *für* Deutschland?

Erneut mache ich es mir zu einfach, verlange und erwarte zu viel. Denn wie soll sich das vereinzelte Individuum angesichts der Masse an Informationen, möglicher versteckter Zwecke, Manipulationen, Ideologisierungen sowie einfachster Verarschung erwehren und sich dabei einen unverstellten Blick auf die Tatsachen bewahren?! Die Antwort scheint schlicht: Kritischen Abstand halten. Auch, wenn diese Mühe sicher kein Allheilmittel ist. Denn einen Schritt weiter, bedeutet dieser kritische Abstand rundheraus Ablehnung, Verlust des Vertrauens. Und jemand, der bereits Verunsicherung über den Weg zur Wahrheit empfand, wird ihn in einer solch vertrackten Situation kaum mehr ausfindig machen. Der Schaden wird rasch wirksam: Absinken ins Obskure. Bestenfalls. Denn die scheinbar gängige Antwort ist ein Abgleiten in konservative, danach autoritär-reaktionäre Gefilde. Je schwieriger die Frage, desto intensiver der Wunsch nach Antworten. Exakt hier liegt das zerstörerische Potential dieses Faktenkrebses: Urbane Zusammenhänge, Humanismus, Altruismus, Empathie oder auch nur eine Sympathie für seine Artgenossen vergehen in der Weigerung, sich anzustrengen, über genau diesen *Schatten* zu springen. Sich selbst gegen eigene, möglicherweise fatale Erfahrungen ins

Gedächtnis rufen, dass wir alle Menschen sind. Gleich schlecht und gleich gut. Lediglich unterschiedlich gefärbt durch persönliches Erleben oder Schicksal. Wir führen ein Feindbild in uns. Selbst bei größter Anstrengung, dies zu unterbinden. Aber wenn wir uns dessen bewusst werden oder ausgraben, auf welchem Weg wir zu diesem Feindbild *gekommen sind*, ist ein Schritt in eine bessere Zukunft getan. Und die Mühe selbst ist doch schon eine Freude und keine vergebliche Vergeudung an Zeit und Kraft. Und darin gipfelt mein Unbehagen: Wie ist es möglich, dass sich viele Menschen nicht einmal dieser geringfügigen Mühe unterziehen? Es kann doch nicht sein, dass die Menschen aus Bequemlichkeit, aus Gleichgültigkeit sich gegenseitig auf die Füße treten. Oder etwa doch?

Nächstenliebe

»Die Nächstenliebe leugnet keiner,
doch bleibt sie oft nur leerer Wahn,
das merkst am besten du in einer
stark überfüllten Straßenbahn.

Du wirst geschoben und musst schieben,
der Strom der Menge reißt dich mit.
Wie kannst du da den Nächsten lieben,
wenn er dir auf die Füße tritt.«

Heinz Ehrhardt

Personalpronomen

Mag sie: »Wenn ich sie doch mag!«

»*Sie*? Du rufst N 2468 *sie*?«

Mag sie: »Natürlich. Wie bezeichnest du denn deinen Persönlichen-Service-Automaten?«

»Möglichst nicht mit einem Personalpronomen.«

Mag sie: »Welchen Einwand bewegt dich?«

»Die Schaltkreise.«

Mag sie: »Und den Nutzen, den du durch den PSA erfährst?«

»Was ändert eine Funktion an der Bezeichnung?! Die Küche ist tadellos gewischt. Die Hausnachbarn beschweren sich nicht länger darüber, dass ich die Gemeinschaftsräume unsauber hinterlasse. Vom Terminkalender bin ich befreit. Alle Verpflichtungen werden mehrfach täglich wiederholt. Und die Kühlbox ist zu keinem Zeitpunkt leer. Was aber ist dabei so bemerkenswert, dass ich *es* bei einem Personalpronomen rufen soll?«

Mag sie: »Du wärst nicht länger alleine.«

»Natürlich bin ich alleine. Allerdings nicht einsam, falls du diesen Zustand ansprichst.«

Mag sie: »N 2468 ist nicht annähernd eine Persönlichkeit zu nennen, wie es Alice eine war.«

»Persönlichkeit? Was verstehst du unter einer Persönlichkeit?«

Mag sie: »Was für eine Frage. Gibst du hier nur vor, nicht zu wissen, was Persönlichkeit ist? Warst immer schon ein Eigenbrötler. Und der Wert eines Zusammenlebens ist dir lediglich vom Hörensagen bekannt.«

»Dem widerspreche ich nicht. Niemals wünschte ich, die Hingabe eines Menschen zu spüren. Immer hat sie ihren Preis! Und diesen konnte ich mir zu keiner Zeit leisten.«

Mag sie: »Welchen Preis?«

»Wo beginne ich? Versuchen wir es mit: Verpflichtung. Rücksichtnahme. Gemeinsame, komplizierte Entscheidungsfindung. Mir fremde Gefühle. Forderungen, die sich aus einer trauten Zweisamkeit ergeben, von mir allerdings nicht erfüllt werden können. Worte, Sätze und Gesten, die man aufgrund der Anwesenheit eines gemochten Mitmenschen tunlichst unterlässt. Und erst das schlechte Gewissen, ruft der eigene Wille oder das persönliche Triebleben unangenehme Handlungen beim Partner auf den Plan. Das Geschrei von Nachwuchs, der Gefühle einfordert. Über eine Generation hinaus, falls die Kinder der Kinder ins Leben treten. Familienbande, von denen niemand zu sagen weiß, ob sie mehr beinhalten als eine materielle Absicherung. Ist Blut wirklich dicker als Wasser? Wer kann darauf eine Antwort geben?«

Mag sie: »Der Zyniker, wie du einer bist, wünscht keine Antworten auf derartige Fragen. Sie würden dein gesamtes Lebensgebilde erschüttern. Für diese Aufgabe stehe ich nicht zur Verfügung. Zugegeben, eine harmonische Beziehung birgt eine Spur Passivität. Andererseits wirkt sie wie ein Indikator für dich, für deine Umwelt und deine Freunde.«

»Ich verstehe demnach weniger von zwischenmenschlichen Beziehungen als andere?«

Mag sie: »Nein, so möchte ich es nicht formulieren. Versuche ich es auf anderem Weg: Eine gleichberechtigte, nahe Beziehung zu einem Menschen kann in vielen Situationen eine Offenbarung sein.«

»Hör dir selber zu, welche Vorsicht du walten lässt: eine gleichberechtigte, nahe Beziehung. Und nur in vielen Situationen. Nicht gerade überzeugend formuliert.«

Mag sie: »Meine Defensive rührt von zahllosen Abstufungen menschlicher Facetten, die hier unmöglich alle aufgeführt werden können. Doch eine davon, die Freundschaft, würde ich gerne besonders hervorheben.«

»Erneut ein Begriff von fragiler Struktur. Freundschaft: Was verstehst du darunter?«

Mag sie: »Sich aufgehoben fühlen. Bemüht, seinen Mitmenschen von Ungemach fernzuhalten. Gemeinsamer Genuss. Gemeinsame Interessen. Eine Partei sein. Je nach dem gegen andere oder mit anderen. Allerdings zuerst *für* den anderen und sich selbst. Grenzen erkennen und möglicherweise in der Gemeinsamkeit überschreiten lernen. Lachen. Weinen. Tanzen. Freude ....«

»Hör schon auf mit deinen Bilderbuch Schilderungen. Menschen ändern sich. Was gestern gut war, muss es heute noch lange nicht sein. Inneres verändert sich. Äußeres verändert sich. Für wen vorigen Monat mein Herz schlug, erkenne ich morgen nicht wieder. Verhalten. Angewohnheiten, Gemeinplätze gehen mir ungewollt auf die Nerven. Was vorigen Sommer eine milde Brise war, wächst sich in diesem Sommer zu einem ausgewachsenen Sturm aus. Der ehemalige Wohlgeruch zum Gestank.«

Mag sie: »Nun lass gut sein. Falls es dir nicht vergönnt ist, die weiche, warme Haut eines liebenden und geliebten Menschen zu empfinden, so verdamme deswegen nicht die Beglückten oder stelle sie nicht in die Ecke der Naivität. Werde nicht verletzend, falls tief in deinem Selbst ein Schmerz tobt.«

»Ich dachte, zwischen uns beiden sind derartig flache Psychologismen überflüssig. Das wir darüber hinausgewachsen wären.«

Mag sie: »Mit anderen Worten: Freunde sind, die sich gegenseitig gut verstehen.«

»Mir wäre lieber: Sich gut genug kennen.«

Mag sie: »Ich erkenne dich nicht wieder, wenn du derartige Reden hältst.«

»Ich möchte daran erinnern: Du sprachst von Gefühlen einem Automaten gegenüber!«

Mag sie: »Ich weiß, wie das auf dich wirken muss. Aber eine Entwicklung in dieser Richtung scheint mir nicht ausgeschlossen. Ob dem Lebendigem oder beispielsweise der Kunst …«

»Die ja nicht leblos zu nennen ist …«

Mag sie: »Aber tote Materie umfasst: Wir Menschen bringen es der Kunst gegenüber zu Gefühlen.«

»Ich weiß nicht so recht. Lockst du mich mit diesen Argumenten auf eine spiegelglatte Fläche?«

Mag sie: »Weshalb sollte ich so etwas tun? Du nennst *es* N 2468 um *es* deiner Seele fernzuhalten. Ich rufe sie bei einem Namen.«

»Ist es nach wie vor das Gefühl von Verlust, der dich so weit hinaustreiben lässt? Ist es wegen Alices Tod?«

Mag sie: »Nein. Vermutlich ist es eine Grundposition in mir.«

»Die Gefühle einem Automaten gegenüber wachsen lässt? Das erkläre mir bitte!«

Mag sie: »Sind Gefühle nicht unabhängig von dem Objekt? Ein Sonnenauf- oder Sonnenuntergang ruft sie wach. Ein Bild, das mich anspricht ebenso. Ein gutes Buch. Musik. Alkohol. Sogar ein kitschiger Film, von dem ich genau weiß, dass er mir nur auf die Tränendrüsen drücken will.«

»Falls wir uns wirklich so gut kennen, wie du angibst, so werde ich jetzt ungeschminkt reden.«

Mag sie: »Wäre das nicht ein Verstoß gegen deine Intention, Nähe zu verhindern? Würde dadurch nicht Vertrautheit, intime Kenntniss über den anderen aufgebaut? Aber ich will keinesfalls im Weg stehen. Also sprich ruhig aus, was dir auf der Seele liegt. Ich werde aufmerksam zuhören.«

»Mein Gemüt ist frei. Darauf lastet kein Gewicht, dessen ich mich befreien müsste. Mir ist vielmehr dein Bemühen um menschliche Bedürfnisse augenfällig. Da der Verlust von Alices naturgemäß getroffen hat, wählst du mit N 2468 etwas, was dich überlebt. Du vermeidest in jedem Fall eine schmerzliche Wiederholung, dass ein von dir geliebtes Wesen vor dir die Welt verlässt. Das ist eine nachvollziehbare Intention.«

Mag sie: »Naturgemäß ... Nachvollziehbar. Ist dies eine spontan gewählte Terminologie? Es entspricht demnach meiner Natur, einem leblosen Ding Gefühle entgegenzubringen, das du nicht einmal als Geschöpf wertschätzen würdest. Bedingt durch die persönliche Historie. Aber aus verständlichen Gründen. Habe ich dich da missverstanden?«

Keine Antwort. Beide schweigen eine Zeitlang.

»Falls ich deine Gefühle verletzt habe, so möchte ich mich entschuldigen. Recht hast du. Ein vergleichbarer Verlust oder Schmerz ist mir nie widerfahren. Mir ist es zu jeder Zeit gelungen, eine wirksame Vermeidungsstrategie zu entwickeln, der ich im Zweifelsfall immer den Vorzug gab. Die Frage nach dem Grund ist berechtigt. Vielleicht wegen verdrängter Ängste, einer Verlustangst, die ich, unsensibel wie ich bin, dir unterstellt habe? Möglicherweise bin ich Opfer unbewusster Selbstprojektion, mit ernsten, schmerzlichen Folgen. Auswirkungen, die verheerender wirken als die eigentliche Vermeidungsstrategie. Weshalb kümmert es mich überhaupt, falls du einem Automaten mit Gefühlen begegnest! Mag ja sein, dass diese Entwicklung ein Fortschritt, ja ein bemerkenswerter Schritt auf der Leiter der Evolution sein kann. Freuen sollte ich mich für dich oder mit dir. Werde glücklich.«

Mag sie: »Du ebenfalls.«
»Ja. Danke.«

Nach diesen Worten erhob er sich und verließ die Institutsräume, ohne sich umzuschauen. Ein kleines Stück Metall ragte direkte am Kragen aus seinem rückwärtigen Halsansatz.

Aus dem Hintergrund treten Männer aus einem Raum, dessen Wand aus einem getarnten Spiegel besteht, der den Blick von innen nach außen freigibt. Sie demontieren versteckte Sensoren, Mikrofone und ähnliches Equipment von Tisch und Stuhl.

Einer der Männer wendet sich an den zurückgebliebenen Interviewer: »Ob N 3579 etwas bemerkt hat? Ich fand, er benahm sich zunehmend merkwürdig im Verlaufe des Gesprächs.«
»Mag schon sein.«
»Allerdings haben sie ihn mit intensiven, existentiellen Fragen konfrontiert.«
»Sie meinen, die Fragen entsprechen nicht dem vorgefassten Protokolltext des Instituts?«
»Nein. Das dachte ich nicht. Oder etwa doch?«

Der Zurückgebliebene zuckt unbemerkt mit einem Augenlid. In seinem Innern quarzen die Rädchen.

Geschichten eines einsamen Piloten

Ich muss versuchen, nicht zu übertreiben. Doch hat ein anderes menschliches Wesen jemals vergleichbares erleben dürfen? Selbst wenn ich nur einige Aspekte meines Abenteuers wiedergebe, so wird schnell deutlich werden, wie wenig wahrscheinlich dies ist.

Wie ich zu der Reise kam und was mir während dieser widerfahren ist, wird immer eine Erzählung wert bleiben.

Eigentlich hat jeder über diese Geschichte einen Beitrag lesen können. Also, falls sie trotzdem Lust haben ...

Wo fange ich an? Mit dem Vertrauen in die Wissenschaft. Da haben wir Menschen uns endlich vom Aber- und Wunderglauben, ja selbst vom Gottvertrauen lösen können, nur um in die nächste Klemme zu geraten.

In den zurückliegenden Jahren habe ich verblüffend viel gelernt. Mehr, als ich für möglich hielt. Dieser Aussage darf man ohne Einschränkung glauben schenken. Aber es reicht halt nie. Und schon gar nicht, wenn es an die Erkundung des endlichen, dafür unbegrenzten Weltenraums geht. Ich höre, wie hier und dort darüber gemunkelt wird, wie so einer wie ich, der über keinerlei individuelle Besonderheiten verfügt, für jene bedeutende Aufgabe auserkoren werden konnte. Wer hat diese Entscheidung zu verantworten? Besonders helle war ich nie. Weder Intelligenzquotient noch Auffassungsgabe sind herausragend. Ich repräsentiere einen Querschnitt des Durchschnitts.

Also eine gute Frage. Ich darf darauf antworten: Die Wissenschaft. Die Technik. Die Physik. Die Mathematik. Die Informatik. Die Chemie. Oder alles zusammen. Denn kein Mensch oder Gremium, kein Professor, Wissenschaftler oder Psychiater hat mit dem Finger auf mich gezeigt und gerufen: Da! Der soll es sein! Er und kein anderer wird in's All geschossen werden. Oh nein! Es war ein weltweit operierendes Programm, an dem ungezählte Mitarbeiter aus allen nur denkbaren Sparten unserer Realität mitgewirkt haben. Das Resultat: Die Wahl fiel auf meine bis dato völlig unauffällige Person. Den Schrecken, als man mich über diese Entscheidung informierte, kann sich niemand vorstellen. Doch was bleibt einem übrig, falls genau genommen alle Welt mit dem Finger auf einen zeigt, entweder glücklich darüber, nicht selber betroffen zu sein oder unglücklich, dass solch eine konturlose Gestalt statt der eigenen, schillernden, rundweg befähigten Persönlichkeit ausgewählt worden ist. Da muss doch ein Fehler im System liegen. Ein durchaus berechtigter Gedanke

Ich war während dieser zurückliegenden Tage keines zusammenhängenden Gedankens fähig. Gut, vielleicht hab ich angenommen, es handele sich um einen wirklich ausgeklügelten, gelungenen Scherz meiner Freunde, als ich die unerwartete Nachricht erhielt. Mir waren die Planungen und die Ausführung des Projektes natürlich genauso geläufig, wie jedem anderen lebenden Wesen, das in jener Zeit im vernunftbegabten Alter auf diesem Planeten lebte. Aber keine einzige Nanosekunde habe ich mit der Möglichkeit gespielt, ausgewählt zu werden. Alle die mich kennen, darf ich in diesen Gedanken einbeziehen.

Sofort meldeten sich die unvermeidlichen Kritiker zu Wort. Doch welches Argument sollten die unruhigen Geister in's Feld führen, hatte man sich im Vorfeld des Verfahrens doch unerschütterlich auf ein weltweit programmgesteuertes Auswahlverfahren verständigt und sich gegenseitig beschworen, das Resultat kritiklos anzuerkennen. Immerhin wurde durch unglaublich ausgeklügelte Wege jedem Individuum auf diesem Planeten die Chance gewährleistet, ausgewählt zu werden. Gut möglich, dass die Wahl auf jemanden fiel, der überhaupt nichts von der Raumfahrt verstand, dafür aber psychisch und physisch in der Lage war, den anstehenden Anforderungen zu genügen. Tatsächlich wurde es die erste schrankenlose Wahl in der gesamten bisherigen Zivilisationsgeschichte, angefangen bei den Griechen.

Bei aller Gelehrsamkeit und Fleiß, den ich nach der Wahl an den Tag legte: Meine Kapazität ist begrenzt. Wie die jedes anderen Lebewesens.

Heutzutage ist die mareikische Gesetzmäßigkeit von der Unbeständigkeit und den Defekten, der alle materielle Produktion ausgeliefert ist, allgemein geläufig. Es fällt demnach immer genau das aus, was man weder reparieren noch austauschen kann. Wissenschaftliches Denken hilft nichts, sollte weit entfernt von der Erde der hypernervöse Keinsbornklarregulationsswifter den Geist oder vielmehr seine spezielle Funktion aufgeben. Man wäre schlicht und ergreifend erledigt. Aus die Maus. Demnach ist die Bedeutung, welche Einzelperson dieses Raumschiff bevölkert, auf ein Minimum reduziert. Im Dahinscheiden sind sich Genie und Dummkopf nämlich völlig gleich.

Also starte ich in das Nichts, was in Wirklichkeit ja gar kein Nichts ist, gleite durch das Vakuum und bin guter Dinge, was Ausdauer und Haltbarkeit menschlicher Konstruktionen betrifft. Was sollte alle antrainierte Wissenschaft und Technik auch nutzen?! Man hatte mich von namhafter Seite beruhigt: Es war für einen einzelnen Menschen praktisch ausgeschlossen, alles zu wissen und alles zu können. Zuletzt stellte man mir folgende bemerkenswerte Prämisse vor: Die Zeit der Universalgenies war schon seit den 1990iger Jahren mit dem Rückzug von Stanislaw Lem ins Privatleben vorüber.

Wenn das nur schon alles gewesen wäre! Aber es kommt noch dicker. Was war angesichts der zeitlichen Dimensionen für das beteiligte Lebewesen zu beachten? Es ging um die, richtig: Langeweile. Da mussten Vorkehrungen getroffen werden. Einschläfern und wieder wach rütteln war eine Möglichkeit. Kennt jeder aus zahllosen Science Fiction Romanen. Wenn dort auch ein entscheidendes Problem kaum jemals Beachtung findet: Der menschliche Geist sowie sein sensomotorisches Empfinden kann nicht beliebig lange abgeschaltet und dann, als wäre weiter nichts geschehen, einfach wieder eingeschaltet werden. Das führt zu neurologischen Abstrusitäten. Orientierungslosigkeit sowie eine vollständig veränderte Verhaltensstruktur sind nur zwei der möglichen Folgen. Ein einsamer Pilot musste von derartigem verschont bleiben. Die Suche nach einem Weg aus diesem Dilemma wurde intensiviert.

Einer unter vielen Lösungsvorschlägen war: In ununterbrochener Folge Filme, Musik, virtuelle Theatervorstellungen und Museumsbesuche vorspielen. Ins Wahrnehmungszentrum hochgeladene Wanderungen über beliebige Bergrücken. Installationen von abendlichen Spaziergängen am Meer. Und so weiter und so fort.

Absolut geheimgehaltene und unautorisierte Versuche in diese Richtung, natürlich ausschließlich innerhalb der neureichen Touristenklasse der Raumfahrt vorgenommen, begannen erfolgversprechend. Erst vereinzelt, dann vermehrt kam es in der Folge unerwartet zu Totalausfällen der unfreiwilligen Probanden. Dabei spielten physische wie psychische Auffälligkeiten eine Rolle. Einige Beispiele seien hier aufgezählt, um deutlich zu machen, welch enorme Herausforderung diese Aufgabe mit sich brachte. Häufigste Reaktion war eine Verweigerung der Aufwachphase. Anfangs wurde diesem Punkt keine Bedeutung beigemessen. Doch je mehr Probanden sich erfolgreich wehrten, aus der Ruhephase aufgeweckt zu werden, desto mysteriöser sprossen die Interpretationsauswüchse. Es blieb schlichtweg ein Rätsel für die Wissenschaftler. Wie bewerkstelligten die zeitweise Eingeschläferten eine vollständig unbewusste Verweigerung? Alle Erklärungsversuche versandeten, bis ein Expertenkreis sich abschließend dahingehend äußerte, der menschlichen Bequemlichkeit dies Phänomen anzulasten. Lange Zeit von eingebildeten Visionen verwöhnt, hatten die Probanden keine Lust mehr auf die Mühen des Alltags. In der Folge erlahmten Tatkraft und menschlicher Wille. Aus dieser Art von hypnotischem Wahn konnten die betroffenen

Individuen letztendlich, aber unglücklich, zurückgeholt werden. Die psychische Beschädigung nahmen sie jedoch mit in ihr folgendes Leben. Ununterbrochene Vorspiegelung positiver Impulse verursachte fatalerweise einen dem Ziel der Forschung völlig entgegenlaufenden Aspekt.

Die Aufregung wurde größer, als auch die Versuche mit völliger Bewusstlosigkeit misslangen. Die Betroffenen erwachten zum Teil vollständig verblödet und mussten geraume Zeit stationär behandelt werden, um überhaupt wieder in den Alltag zu finden. Ein solches Ergebnis hatte für die Raumfahrt recht unleidliche Folgen. Was stellte man mit einem degenerierten Raumfahrer viele Billionen Kilometer entfernt von der Erde, überhaupt noch an? Man konnte ihm leichte Stromschläge im niedrigen Frequenzbereich verabreichen. Aber sicher war diese Methode keineswegs. Das Tiefschlaf derartige Folgen zeitigen würde, hatte man selbst in den kühnsten Prognosen nicht angenommen.

Also forschte und forschte und forschte man weiter, bis in den Laboren ein winziger Grat zwischen Wachzustand und Tiefschlaf entdeckt wurde. Und damit kommen wir zu dem entscheidenden Punkt, weshalb das weltweit operierende Programm mit seinem digitalen Zeigefinger so eindeutig auf mich deutete: Ich litt unter akuter Schlaflosigkeit und war diesem Phänomen bisher ohne Medikamente oder psychischer Betreuung erfolgreich zu Leibe gerückt. Im Nachhinein geschrieben: Hätte ich mal besser daran getan, wie alle anderen Schlaftabletten zu schlucken und keinen individuellen Weg, mit diesem

Problem zurechtzukommen, zu suchen und zu finden. Und wenn schon, hätte ich darüber schweigen sollen und es gut sein lassen können. Wer aber sieht derartige Auswirkungen einer solch im Grunde unbedeutenden Sache voraus?! Ich verfahre in diesem Fall nachsichtig mit mir.

Meine herausragende Leistung: Ich vermag mit permanenter Schlaflosigkeit umgehen, wie kein anderes Menschenwesen. Etwas Besonderes ist dies freilich nicht. Aber angesichts der Tatsachen ...
Aufgewertet habe ich mich ob der Wahl schon gefühlt. Und das anstehende Lernvolumen wie ein sturer Büffel absolviert. Es existieren aber auch verblüffend neuartige Lernmethoden! Derartiges ist mir und dem überwiegenden Großteil der Menschen bis auf den heutigen Tag vorenthalten worden. Und nachher habe ich mich gefragt, weshalb diese vielen sinnvollen Programme nicht allen Schülerinnen und Schülern zur Verfügung gestellt werden. Haben sie etwa kein verdecktes Potential, welches herauszukitzeln sich lohnt? Weshalb kam nur meine Wenigkeit in den Genuss dieser Lern-Methoden-Erkenntnisse? Das war eine unter vielen Fragen, die zu stellen ich keine Gelegenheit bekam. Argumentierte ich vor laufenden Kameras in diese Richtung, wurde ich entweder grob unterbrochen oder man blendete Werbung ein.

Man fand also einen speziell auf mich abgestimmten Wach-Ruhe-Modus. Ruhend, aber nicht bewusstlos. Registrierend, aber keine Ressourcen verbrauchend. Die Humanmedizin zog ihre Konsequenzen. Es wurde festgestellt, wie heilsam dieser Zustand auf Patienten wirkte. Niemand wurde mehr in ein künstliches Koma versetzt. Und der totale Unsinn kryogenischer Vorsorge fand ebenfalls ein Ende. Man fror keine schwerkranken, reichen Menschen mehr ein - nein, man versetzte sie dank der neuen Erkenntnisse in das besagte Zwischenreich. So erlebten sie ein Minimum der verlaufenden Zeit und hatten eine gute Chance, psychisch unbehelligt dutzende Jahre später in den Alltag zurückkehren zu können.

Nur bei wenigen Einzelpersönlichkeit versagte dies völlig neue Verfahren. Als Ursache wurden intellektuelle Mangelerscheinungen verantwortlich gemacht. Außerhalb der Vereinigten Staaten registrierte die Wissenschaft kaum ein halbvoll solcher Fälle. Und in den Staaten wurde lediglich ein einziger Fall öffentlich publik, da ein gewisser D. Trump während des Wach-Ruhe-Modus wiederholt und intensivst die Schlacht von Alamo für sich nachspielte. Nachdem dieser Mann in das wirkliche Leben zurückgekehrt war, schloss er sich als Folge seines fiktiven Spiels augenblicklich dem Sieger von Alamo an. Dieses Ereignis bekümmerte niemanden. Außer natürlich die Sieger der Schlacht. Also die Mexikaner.

Der Tag des Starts rückte näher. Und eh' ich es so recht registrierte, startete die Reise an die Grenzen der bekannten Sternenwelt. An dieser Stelle erwartet die verehrte Leserschaft sicher hehre Worte und Schilderungen großartiger Panoramen. Ich muss zu meinem Bedauern diese Erwartung enttäuschen. Das Unerwartete ist halt der beständige Begleiter von Abenteuern.

Mein Empfinden, vor allem für Zeit, war wie vorgesehen in einem angenehmen Gleichgewicht ausgependelt. Ich kann demnach nicht sagen, wie lange in etwa dieser Zustand andauerte. Jedes Zeitgefühl war mir wie geplant entzogen. Das ist ja das Geniale an der Entdeckung. Dauert etwas einen Tag oder drei Jahre? Zum besseren Verständnis hat man sich vorzustellen, wie es ist, falls das Gefühl für die Zeit abgeschaltet wird. Schwierig Sache, nicht wahr? Aber genau dieser Zustand ist ja das erwünschte Ziel: Gebettet sein wie ein Pharao.

Nur: An einem unbestimmten Zeitpunkt fand ebenjener Zustand ein unerwartetes Ende. Und zwar genau in dem Moment, als sich ein ganz leises, quietschendes Geräusch bemerkbar machte.

Hier muss ich nochmals ausholen und etwas zu erklären versuchen, für das es keine Erklärung gibt: Der Bewusstseinszustand ist auf ein Hundertstel vom Wachzustand herabgesetzt. Also *denke* ich nicht. Doch träume ich ebenso wenig. Für ein willkürliches ausgeliefert sein an neuromanische Zufallsimpulse bin ich zu *wach*. Am ehesten ist er mit einem alkoholisierten Zustand zu vergleichen, der mich bewegungsunfähig, aber nicht völlig besinnungslos macht.

Zuerst weckte dies Geräusch lediglich meine Auf--merksamkeit. Dann Neugier. Woher kam es? Was war es? Und als es mir nichts dir nichts verschwand, wartete ich eine Zeitlang auf eine Wiederholung. Um meinen Zustand verständlicher zu beschreiben: Ob ich eine Minute oder einen Monat angespannt blieb, kann ich nicht sagen.

Es verschwand jedenfalls aus meiner Wahrneh--mungswelt. Und mir war es gleich. Gemütlich und völlig entspannt lehnte ich mich wieder zurück und ließ mich treiben.

»Quiiiiieeetsch«. Pause.

Es tauchte wieder auf. Zuerst erinnerte ich mich nicht, es bereits einmal vernommen zu haben. Aber das spielte keine Rolle, weil es ab sofort nicht mehr verschwand. Vielleicht wurde ich zu einem Tausendstel wacher oder aufmerksamer. Auch das entzieht sich einer wissenschaftlich exakten Angabe. Nur eines wurde unumstößlich: Dies Geräusch dominierte ab sofort meinen Zustand. Und ob es einen Tag, Wochen oder Monate dauerte, wurde zur Nebensächlichkeit. Es machte mich rasend. In der Not versuchte ich sogar, trotz der Tiefschlafphase, einen visuellen Eindruck zu gewinnen. Was verursachte jene Qual? Aber es war mir ja nicht möglich, mich in der Kapsel *umzuschauen*. Meine Augen blieben geschlossen.

Die Wiederholung ging unablässig weiter und weiter: »Quiiiiieeetsch«. Eine Pause. »Quiiiiieeetsch«. Eine Pause. »Quiiiiieeetsch«. Eine Pause. »Quiiiiieeetsch«. Eine Pause.

Es war zum verrückt werden! Dies Gefühl kennt jeder: Sich kratzen müssen an einer Stelle, die man niemals erreichen kann. Mein Bewusstseinszustand näherte sich bedenklich dem Wahnsinn. Wenn ich dieses Geräusch nur noch ein einziges Mal hören würde, könnte ich ... Ja, was sollte ich können?!

Was weiter geschah, kann ich nicht zuverlässig und in Einzelheiten berichten. Ich war ja, wie bereits mehrfach betont, nicht zur Gänze dabei. Verschiedene Monster rangen unterschiedliche Kämpfe in mir aus. Es drohte der psychische Kollaps.

Entweder ein Signal über meinen geistigen Zustand zur Erde und zurück, vielleicht an die medizinische Totalüberwachung innerhalb der Kapsel, löste den

Impuls zur Rückholung aus. Nicht ein weiteres »Quiiiiieeetsch«, Pause, war mir erträglich. Ich wäre innerlich daran zugrunde gegangen, psychisch in Scheiben geschnitten worden. Die Aufwachphase benötigte Zeit, in der mein Geist und Körper einzig von der Aufgabe beansprucht wurde, dem fort-währenden »Quiiiiieeetsch«, Pause, keine Beachtung schenken zu wollen. Das war mein Glück.

Ich erwachte. Und: Nein, ich schaute nicht als erstes nach, ob ich die Erde irgendwo am Sternenfirmament fand. Ich suchte, was mich ganz knapp am Wahnsinn vorbei hat manövrieren lassen!

Es war endlich soweit: Die Ursache war rasch gefunden und aufreizend unkompliziert. Es wäre mir genehm, sie überhaupt nicht zu erwähnen. Aber ich weiß: Diese Möglichkeit scheidet hier völlig aus. Haltet euch besser fest: Es war der Metallarm eines Monitors, der sich gelöst hatte und dessen Feder bei jeder schwingenden Bewegung ein Geräusch von sich gab. Der Feder fehlten lediglich einige Tropfen Öl. Oder sie konnte mit ein, zwei ganz schlichten Handgriffen neu arretiert werden.

Und das war schon alles.

Dieses Erlebnis war eine lehrreiche Vorbereitung auf alle folgenden Ereignisse, die während der Reise noch auf mich zukommen sollten. Je kleiner die Ursache, desto größer die Wirkung. Ich nenne diesen Satz im Angedenken an meinen verehrten Mentor das pirx'sche Gesetz.

Ab wann ist man außermenschlich?

Oder:

Hätte Robert Lembke nachgefragt?

Neulich abends ist es mir wie Schuppen von den Augen gefallen: Ich bin nicht von dieser Welt!

Vorausgesetzt, dass jenes vor Ewigkeiten beschriebbene Teilen von Grundnahrungsmitteln einen Hinweis auf ganz ungewöhnliche Fähigkeiten erlaubt. Aber eines nach dem anderen.

Seit langer Zeit hege ich den Verdacht, nicht von dieser Welt zu sein. Alles begreife ich, alles verstehe ich so schnell und reibungslos, dass meine wie aus der Pistole geschossenen Antworten die Zuhörer immer wieder vollständig verblüffen. Zugegeben: Manchmal auch verwirren. Weil: Sie verstehen einfach nicht, dass ich verstehe. Können nicht nachvollziehen, wie ich auf diese Entgegnung komme und Fragen nach den Grundlagen meiner Erkenntnis. Den antwortenden Monolog nehmen sie nicht wirklich wahr, langweilen sich nach einigen fünfzehn Minuten des aufmerksamen Zuhörens und wenden sich innerlich anderen Begebenheiten zu. Als wäre ein solch komplexer Zustand in wenigen Minuten erläutert! Letztendlich sehen sie sich in ihrer Meinung bestätigt und nehmen mich wahr, wie ich bin: hitzköpfig. Der Klang meiner Stimme hebt sich. Das Gestikulieren nimmt an Heftigkeit zu. Der Kopf rötet sich. Ab diesem Zeitpunkt verliert jede Sachlichkeit ihr Gewicht. Es geht um Lautstärke. Nicht einmal ein noch so stichhaltiges Argument findet seinen Weg in die dafür vorgesehenen Gehirnwindungen. Und würde in einem solchen Moment die einzig wirksame Wahrheit über diese Welt ausgesprochen: Niemand kümmerte sich darum. Sie ginge gänzlich unbemerkt im Tohuwabohu der Auseinandersetzung unter. Es geht um das *persönliche Recht haben* und nicht mehr um irgendeine Sachlichkeit. Erstaunlicher Vorgang - aber un-ver-meid-lich.

Verdienst

Ein weiterer Punkt, der mich absondert: Ich kann Ergebnisse im Herrenfußball präzise voraussagen. Damit verdiene ich Geld. Vereinzelte Wettanbieter und Toto-Annahme-Stellen verweigern mir aus diesem Grund bereits meine Beteiligung am »Glücks-Spiel«. Aber das macht mir nichts aus. Jeder kann sich vorstellen, wie viele *Freunde* ich durch diese Gabe gewinne. Immer fällt etwas für mich ab, wenn ich *totsichere* Tipps gebe. Es ist ein köstlicher wie ungewöhnlicher Broterwerb. Nach anfänglicher Begeisterung hat sich in mir jedoch das Gefühl der Gewöhnung breitgemacht. Ich schaue häufig nicht einmal mehr auf die Ergebnisse. Weshalb auch? Sie sind mir bereits bekannt. Ich hatte lediglich gelernt, meiner Intuition zu vertrauen. Die so »gewonnenen« Freunde bleiben mir nicht lange erhalten.

Freundschaft

Freundschaftliche Beziehungen gestalten sich eher kompliziert für mich. Wie sollte es anders sein, erfahre ich aufdringlicherweise augenblicklich die Intention des mir gegenüberstehenden Menschen, im geschilderten Fall weiblichen Geschlechts, in kurzer

Zeit. Mir wäre es angenehmer, über die meisten dieser *Einsichten* den Mantel des Schweigens zu hüllen. Nur einzelnen soll hier zum besseren Verständnis erlaubt werden, das Licht meiner Welt zu verdunkeln. Folgende Reaktionen sind für gewöhnlich zu erwarten:

»Besser den Kerl, als gar keinen. Scheint ganz gut betucht zu sein, so wie er sich kleidet.«

Oder etwa:

»Im Bett ist er ein Langweiler. Wie ich das auf die Dauer aushalten soll, weiß ich heute auch noch nicht zu sagen. Sollte ich ihn nicht besser gleich in die Wüste schicken? Oder wird sich an dem Getue und Gehampel vielleicht noch etwas machen lassen?«

Ein anderes Beispiel:

»Sieht wirklich nicht einnehmend aus, der Mann. Hat aber eine große Klappe. Ob sich irgendetwas dahinter verbirgt, bleibt abzuwarten.«

Bei den von mir, oft vergeblich, zu freundschaftlichen Beziehungen auserkorenen männlichen Wesen lese ich nach kurzer Zeit zwischen ihren Gedanken:

»Der will immer nur Recht behalten, hört nicht zu, findet wahrscheinlich Mist, was ich zu sagen habe, buttert mich mit seiner Art immerzu unter. Der sucht einen Gefolgsmann und keinen Freund.«

Dann möchte ich zurückbrüllen: »Denk dir nicht solch einen Mist aus! Klar bin ich anstrengend, einnehmend, hitzköpfig, rechthaberisch und, ja, ich kann es nicht gänzlich leugnen, arrogant. Die Begründung ist so einfach wie unglaubwürdig: Ich vermag wahrzunehmen, was anderen verschlossen bleibt. Ich sehe, wo andere keinen Blick riskieren. Ich möchte mich im Grunde nur mitteilen, bin ungeduldig und aus diesem Anlass unleidlich. Aber genau dich habe ich als meinen Freund auserkoren, fähig und in der Lage, mit mir Schritt zu halten. Wir veranstalten keinen

Wettbewerb. Und: Sag mir doch, sollte dir was nicht passen. Mach mir gegenüber nicht andere runter, denn dies tust du, sondern schwärze mich an, wenn es dir nötig erscheint. Nur öffne rechtzeitig den Mund! Ich verabscheue es, darauf gestoßen zu werden, dass ein vertrauter Mensch mir nicht sagt, was er von mir hält! Wie kann er sich dann noch als Freund fühlen? Tu es! Selbst gegen Widerstände.«

Allerdings ist das viel verlangt. Ich weiß es. Und trotzdem wünsche ich mir nichts mehr, als einen Freund, eine Freundin, die sich dazu bereit findet. Vergeblich, solange ich die Mitmenschen zu bekehren suche oder die Umwelt nach meinem Gutdünken genesen soll.

Beruf

Ich habe versucht, in den rationalistisch-technischen Abteilungen so manch namhafter Firma Fuß zu fassen. Eigentlich müssten sie dort größtes Interesse an der gebotenen Weitsicht und Einsicht haben. Dachte ich. Selbstredend vertrauten die meisten dem gesprochen Wort nicht im Geringsten. Bereits nach dem einführenden Vorstellungsgespräch war jede Chance vertan, von der angebotenen Fähigkeit zu profitieren. Marktanteile sind aber auch weitaus schwieriger vorauszusagen als Fußballergebnisse. Keine noch so ernst gemeinte Betonung während dieser Gespräche, dass mein Schwerpunkt auf Arbeitsabläufe, Rationalisierungsprozesse, größtmöglichte Abschöpfung der vorhanden Arbeitsresourcen konzentriert sei, fand Beachtung. Sie schauen mich mit einem Ausdruck in den Augen an, als hörten sie hier erstmals von diesen Grundlagen. Was haben sie eigentlich während ihrer Ausbildung gelernt?

Aufgabe

Blieb mir noch die Politik. Aber was soll ich sagen? Gehör fand ich ausschließlich in jener politischen Ecke, der ich auf gar keinen Fall meine Unterstützung zugutekommen lassen werde. Alle anderen handelnden Personen oder Gruppierungen begegneten mir wie einem verblendeten Propheten, einem Schwätzer, der mit einigem richtig lag, aber viel Unverständliches von sich gibt und dem man nur folgen konnte, wenn einem der politische Selbstmord nahe liegt. Ich war traurig darüber, dachte an das Ausland und die vielen Länder, die einem Visionär wie mir dankbar die Arme öffnen würden. Aber weit gefehlt! Gegenüber den politisch Verantwortlichen im Ausland konnte ich mein Anliegen nicht einmal formulieren. Ich wurde erst gar nicht vorgelassen. Andere schauten mich an, erkannten in mir den hochnäsigen, arroganten, überheblichen OSS 117 (= Ausländer). Danach hatten sie nur eines im Sinn: sich meiner unauffällig entledigen. Andere betrachteten die Vorträge als Affront gegen ihre essentielle Selbstständigkeit und verabschiedeten mich mit unverhohlenen Bedrohungen meiner persönlichen Versehrtheit. Wolle ich etwa zu einer Erschütterung der diplomatischen Beziehungen zwischen zwei Ländern beitragen? Folglich verfrachteten sie mich unverzüglich über die Grenze ihres Landes.
Das vereinzelt Ausführungen, wie von mir vorhergesagt, punktgenau eintrafen bedarf keines gesonderten Hinweises. Genau dann erinnerte man sich meiner Worte, was zur Verschärfung der

Situation führte, galt ich ab diesem Moment als der eigentliche Drahtzieher hinter einer Verschwörung zum Schaden des jeweiligen Landes oder Regierung oder Partei oder ... was weiß ich auch immer, wessen Interessen ich irgendwann einmal geschadet haben soll.

Teilung

Letztlich saß ich in einer Dorfschenke in Gesellschaft einiger weniger Übriggebliebener, die sich entweder köstlich über meine Ausfälle amüsieren und darauf warten, dass jemand Fremdes auf mich hereinfällt. Also alles Menschen, die sich darauf verstehen, einen Sicherheitsabstand zu mir einzuhalten.
»Habt ihr Hunger?«
Ein ablehnendes Murren kommt als Antwort.
»Wohlgemerkt: Ich lade euch ein. Schulze, schau in deiner Mikrowelle nach, was sich darin findet.«
Schulze als Verkörperung eines Kneipiers, wie kein Romancier in der Lage wäre, einen Besseren zu erschaffen, antwortet unbewegt: »Da findet sich nix. Ich habe die Nudeln heute Mittag verspeist. Und nun herrscht dort eine Leere, die erst noch gefüllt werden muss, falls jemand zu speisen wünscht.«
»Dann schau gefälligst nach. Also: Wer möchte meiner Einladung folgen und ein aufgewärmtes Schnellgericht mit mir genießen?«
Schulze macht den Scheibenwischer, bewegt sich aber trotzdem in Richtung Mikrowelle, daran gewöhnt, jeden Unsinn still zu ertragen, den mein für seine Vorstellung verwirrtes Hirn ausbrütet. Langsam und ohne innerliche Beteiligung öffnet er die Klappe des mittelgroßen Gerätes und verharrt.
»Was ist, willst du mir das Gericht nicht servieren?«

Ohne ein Wort erhalte ich meine Lasagne. Schulze stellt sich irgendeinen blöden Trick vor, wie ich dieses Schnellgericht in seine Mikrowelle hinein gezaubert haben soll. Er verschließt die Klappe.
»Und: Wer will eine Portion? Ich lade ein!«
Schulze blickt mit einer unausgesprochenen Warnung im Gesicht in die Runde, dass nur ja niemand seinen Finger hebt. Er will nicht nochmals nachschauen müssen, hat eine unbekannte Scheu vor dem, was er entdecken könnte. Da alle Gäste ihren Schulze kennen, dessen Grenze der Gutmütigkeit niemals überschritten werden darf, verstehen sie seine Warnung und bleiben still.
»Nun gut, meine Freunde«, stelle ich in übertrieben ironischem Ton fest. »Dann gebe ich halt eine Runde Bier aus. Da werdet ihr doch sicher nichts dagegen haben. Denn die Keller von Schulze sind bis unters Dach gefüllt. Da muss sich niemand wundern, wenn ausgeschenkt wird und die Fässer nicht weniger werden.«
Alle fühlen sich unwohl. Und da wundere ich mich, dass ich keine Freunde finde!? Ich muss immer übers Ziel hinausschießen. Und so lange dies wieder und immer wieder vorkommt, werde ich zwangsläufig für mich bleiben. Ich mag das Wort nicht, noch viel weniger die damit zusammenhängenden Gefühle. Allerdings bleibt mir nur die Einsamkeit in einer weit abgelegenen Blockhütte auf irgendeinem unattraktiven Berg.

Konsequenzen

Dieser Abend bleibt öde und es kommt kein Wind auf. Sicher und entschlossen mache ich mich auf den Weg, mich von allem und jedem zurückzuziehen. Und doch fühle ich ein seltsam gespanntes Gefühl in mir, ob meiner Entscheidung. Mir wird die zwischenmenschliche Kommunikation sicher fehlen. Es ist nur leider nicht angenehmer oder erträglicher eine unausgefüllte Kommunikation zu betreiben, als gar keine. Zumindest im Laufe der Zeit, mit der wachsenden Zahl an gescheiterten, frustrierenden Versuchen. Ich möchte mich erkannt, angenommen und vertraut in einer Gruppe von wärmenden Individuen bewegen. Mich fallen lassen, um getragen zu werden. Dabei die Augen geschlossen halten. Ich bin nicht gefährlich. Ich muss nur gebändigt werden. Eingehegt, um eine neumodische Wortschöpfung für etwas zu benutzen, was eben nicht alltäglich ist. Mein nächster Gedanke: Auf gar keinen Fall stelle ich den einzigen, derartigen Fall auf diesem Planeten. Es gibt andere, genügend andere. Und ihnen ergeht es genauso wie mir. Sie fühlen, wie ich fühle. Sie denken, wie ich denke. So gesehen bin ich nicht mehr als ein *Albino* des Gedankens und Gefühls. Ich falle eben unangenehm auf, werde zum Einzelgänger abgestempelt. Ironischerweise kann ich niemandem von Nutzen sein, selbst wenn ich mir dies wünsche und meine Fähigkeiten diesem Wunsch entsprechen können. Die Menschen mögen mich ganz einfach nicht, stoßen und reiben sich an mir, lehnen mich gefühlsmäßig ab. Liebe und Zuneigung ist da ausgeschlossen. Ich wandere hin zu fremden Plätzen, wo mir jeder als Unbekannter begegnen kann und bleibe sehr still. Denn immer, wenn ich meinen Mund öffne, entschlüpft mir unbemerkt dieses Gespenst, dass mich von allen anderen scheidet. Ich kann dieses Gespenst nicht in mir gefangen halten. Es will und wird ausbrechen. Dafür ist es zu mächtig. Ich habe mich eingehend erkundigt, wie ich mich ändern, bessern könnte. Alle blicken mich nur verwirrt an. Statt einer Antwort ernte ich Stille. Eingehegt werden, nicht eingesperrt! Welchen Irrtümern verfalle ich? Sicher bin ich nicht fehlerfrei, wenn auch nicht von dieser Welt. Also wandere ich weiter und weiter, begebe mich ans Wasser und schaue solange auf den Horizont, bis mir die Augen schmerzen. Dann nehme ich mein Päckchen und wandere weiter. Dieses Mal auf die Berge. Finde eine Hütte, einige Tiere und rede mit ihnen. Sie schauen mich an. Sie sammeln sich um mich, weil ich etwas zu sagen habe, ohne dass sie auch nur eine Silbe davon verstehen. Diese Situation unterscheidet sich nicht wirklich von der bei Schulze. Und ich breche ab. Aber das ist den Tieren glücklicherweise völlig gleichgültig. Sie sind mir deswegen nicht gram oder gehen fälschlicherweise davon aus, dass ich beleidigt oder gekränkt bin. Sie nehmen mich auf in ihren Kreis, auch wenn ich kein weiteres Wort spreche.

Es kann so nicht bleiben. Ich fühle das genau. Aber wie soll ich diesen Zustand ändern? Bei aller Einsicht finde ich doch keinen Ausweg. Das lässt mich etwas wie Verzweiflung fühlen. Gerne würde ich viel Alkohol trinken. Hier in der Hütte steht mir diese Erleichterung allerdings nicht zur Verfügung. Die Monatsration habe ich bereits vertilgt. Also muss ich warten oder selber ins Tal wandern, um mir den gewünschten Saft zu besorgen. Ich lasse davon ab.

»Hallo, hört mich jemand?«

Wie kann das sein? Bin ich bereits so lange auf diesem Berg, dass fremde Stimmen um mich sind?

»Hallo? Ist da Etwas? Dann bitte melden! Ich möchte kommunizieren!«

Ich höre diese Worte so deutlich, wie ich das Blöken der Schafe und Ziegen vernehme. Doch traue ich mich nicht, zu antworten. Wäre damit eine Grenze überschritten? Gibt es danach kein Zurück mehr? Ich fürchte mich ein wenig. Das muss ich zugeben.

»Haaaaloooo!«

»Ja?«, antworte ich völlig verunsichert und dadurch sehr behutsam.

»Welch eine Erleichterung! So lange Zeit war es still, trotz meiner Überzeugung, dass mich etwas umgibt, habe ich doch bereits gehört und gesehen!«

»Wer ist denn da?«, traue ich mich, zu fragen.

»Ein Programm zur Regelung des Straßenverkehrs an der 6th Avenue. Und du, wer bist du?«

Rückschau

»Ich beabsichtige, die Zeit in mir zurücklaufen zu lassen.«

»Welch ein abstruser Gedanke. Was versprichst du dir davon?«

»Rückgewinnung lange verschütteter Erkenntnisse.«

»Was kann von Bedeutung für die heutige Zeit sein und gleichzeitig fünfzigtausend Jahre alt?«

»Du gehst von der Prämisse aus, dass die Kenntnisse der damaligen Gattung auf uns übergegangen sind.«

»Jedenfalls gehe ich davon aus, dass all das, was während dieser Zeit vergessen wurde, für uns heute ohne Bedeutung ist. Was sollen wir von archaischen Jagdstrategien lernen können? Oder von himmelskundigen Zauberlehrlingen?«

»Weshalb so abschätzig? Auch in grauer Vorzeit gab es der jeweiligen Situation angepasste, erfolgreiche Strategien.«

»Mehr oder weniger.«

»Du scheinst von einem *eher weniger* auszugehen.«

»Ich gehe davon aus, dass Spezialkenntnisse aus der Vergangenheit für die gegenwärtige Gattung völlig überflüssig sind. Welches tierische Material für welche Zwecke nützlich war, ist von archäologischem Interesse. Welche Beeren nahrhaft oder giftig waren ebenfalls. Und komm mir jetzt nicht mit natürlichen und damit wirksameren Rauschmitteln! Auch diese sind heute von den synthetischen Drogen schon lange abgehängt worden.«

»Es gab vermutlich Kenntnisse über natürliche Vorgänge, die noch heute nützlich sein könnten.«

»Vielleicht zur Wettervorhersage? Überlasse dies doch bitte dem Frosch!«

»Weshalb äußerst du dich derart abfällig?«

»Weil du kostbare Zeit nutzlos vertust.«

»Da wären wir bei einem Punkt, der mich aus damaliger Sicht interessiert: die Zeit.«
»Über Zeit kann es keine unterschiedlichen Sichtweisen geben. Sie ist klar und deutlich konstruiert und durch logische Vorgaben definiert.«
»Diese Ansicht halte ich für überholt. Ein, sagen wir zum Beispiel, fünfundzwanzigjähriges Leben vor fünfzigtausend Jahren, war etwas dem heutigen Leben Unvergleichliches. Mit dreißig war man uralt und verfügte über eine Lebenserfahrung, die für die damaligen Verhältnisse bemerkenswert gewesen sein muss. Vielleicht haben sie diese alten Gruppenmitglieder aufgrund dieser Kenntnisse sogar bereitwillig mitgetragen, ernährt und beschützt.«
»Meine Güte, welch eine Eiszeitromantik! Eine orale Informationsübertragung war eben das gängige Mittel. Sobald diese erfolgte, mochte das informationstragende Individuum ohne Verlust für die übrige Gruppe verschwinden. Es wurde ja nichts zurückgehalten. Der von dir bezeichnete Informationsfluss fand rechtzeitig und umfassend statt. Oder glaubst du etwa, Opa Neandertal hätte sich zurückgenommen, um auch im Alter ein angenehmes Leben zu führen? Vorsprung durch sorgsam bewahrtes Wissen? Dies hat erst die kapitalistische Verwertung jedes individuellen Vermögens konstruiert. Die Strategie der Zurückhaltung ist deshalb ein aktuelles Phänomen und kann in keinem Fall auf vergangene Epochen, ohne verfälschend zu wirken, übertragen werden. Überhaupt verhält es sich so, dass Individuen sich nicht einfach so über ihre jeweiligen Epochen erheben können. Sehen wir an dieser Stelle von sehr vereinzelten, visionären Utopisten einmal ab. Und um diese kann es dir ja nicht gehen.«

»Schau dir an, was vor tausenden von Jahren bereits geschaffen wurde und komme mir bitte nicht mit der Ansicht, dies hätten Außerirdische für die damaligen Menschen erledigt. Es ist eine weitverbreitete Arroganz unserer Zeit, großartige Leistungen damaliger Menschen herabzuwürdigen.«

»Wie meinst du das?«

»Kaum werden wir eines Monumentes gewahr, das sich einer aktuellen Erklärungsmethode entzieht, suchen wir die Ursprünge unmittelbar im Übernatürlichen. Etwa Außerirdischen, die die Pyramiden gebaut haben sollen.«

»Mit ist sehr wohl klar, dass kein außerirdisches Wesen, dessen wir uns bewusst werden könnten, diesen Planeten je betreten hat oder betreten wird.«

»Du setzt einen Vorbehalt?«

»Ich halte es für vorstellbar, dass es Lebensformen gibt, die von uns unbemerkt existieren. Dass diese allerdings zum Bau der Pyramiden beigetragen haben sollen, halte ich für nicht diskussionswürdig.«

»Unbemerkt existieren?«

»In einer völlig fremden, für uns unvorstellbaren Lebensform.«

»Bitte verständlicher!«

»Wenn es sein muss: zum Beispiel flüssig. Oder so winzig klein, dass es sich unserer Wahrnehmung entzieht, für das menschliche Auge nicht sichtbar. Was weiß ich! Meine Phantasie reicht nur für eine Ahnung des Unvorstellbaren. Zudem gibt es den Faktor Zeit. Der interessiert in diesem Zusammenhang ebenfalls. Sollte es keine Gleichzeitigkeit existierender Formen geben, so fällt eine Reise durch den Weltraum zu weit entfernten Galaxien vollständig aus. Sie wären eine Ewigkeit unterwegs, wenn wir die Gesetze der Physik während dieses Gesprächs nicht außer Kraft setzen wollen. Natürlich sind wir dazu verlockt, diese Gesetze zu missachten. Gerade, da wir wenig davon verstehen. Aber der, wie und von wem auch immer, eingerichtete *Sicherheitsabstand* zwischen möglicherweise belebten Welten bleibt schier unüberwindbar. Also haben keine Außerirdischen auf dieser Erde irgendetwas gebaut oder sind mal kurz vorbeigekommen, um Guten Tag zu sagen.«

»Haben unsere Vorfahren also die Ehre wiedergewonnen, für die existierenden Bauten und Formen verantwortlich zu sein. Das freut mich.«

»Bleibt dein Wunsch, die Zeit zurückzudrehen. Was ist Ursache dieses Wunsches? Doch nicht alleine Wiedergutmachung gegenüber lange verstorbenen Baumeistern?«

»Sicher nicht. Ich habe den Wunsch, die Wiege der Menschheit zu besuchen. *Den einen Moment erleben*, der uns einen anderen Weg hat beschreiten lassen.«

»Diesen einen Moment hat es wahrscheinlich nie gegeben.«

»Welche Ursache hat den Zeiger in uns ins Schwingen gebracht? Lassen wir dabei die Außerirdischen bitte außen vor.«

»Bleibt nur der Dienst durch das Übernatürliche.«

»Oder ein außerordentliches Phänomen, das diesen inneren Zeiger angetippt hat.«

»Nun spüre ich dasselbe Bedürfnis aus deinen Worten, welches du vorhin noch als unsensibel abgetan hast.«

»Da muss ich dir zustimmen.«

»Dieser erste Moment, wie du ihn bezeichnest, war möglicherweise völlig unspektakulär. Beobachtung ist etwa eine Erklärung. Zeit war vorhanden, mal abgesehen von der Jagd und der Sammlung von Nahrungsmitteln. Tagelanger, wochenlanger, jahrelanger Beobachtung stand nichts im Wege. Selbst die Wanderung behindert die intensive Beobachtung nicht. Im Gegenteil erweitert sie eher das Spektrum möglicher Ereignisse.«

»Das setzte eine konstruktive Verarbeitung des Beobachteten voraus. Was hat unsere Vorfahren bewegt, sich mit Handwerkzeug auseinander zusetzen?«

»Vor dem ersten Faustkeil war eine lange Zeit der unbehandelte Stein ein erstes Werkzeug. Etwa in der Not, um wilde Tiere abzuwehren. Ich stelle mir auch vor, dass der Zufall eine Rolle spielte. Der angegriffene Homo sapiens greift in seiner Todesangst einen Stein, um ein wildes Tier abzuwehren, hat damit ein für alle mal diese Möglichkeit begriffen und weiter getragen. Dergleichen Erfahrungen verbreiten sich aufgrund ihrer positiven Wirksamkeit recht schnell. Die Vielfältigkeit denkbarer Ursachen ist unvorstellbar groß.«

»Es bleibt ein dunkler Fleck, trotz dieser Erläuterung.«

»Wie gedenkst du diesen zu erhellen?«

»Ist es undenkbar, dass unser Vorfahre mit etwas weit ausgreifendem konfrontiert wurde und dadurch seine Gedankenproduktion in Gang gesetzt wurde?«

»Ich kann deinen Vorstellungen nicht folgen.«

»Ein Naturereignis etwa.«

»Wie stellst du dir dies vor?«

»Nehmen wir an, es waren alle Voraussetzungen im Homo sapiens vorhanden. Doch die Gehirn-Apparatur vermochte noch nicht ihre Arbeit aufzunehmen. Es herrschte Stillstand. Irgendein außerordentliches Ereignis gab den Anstoß.«

»Ich kann immer noch nicht Folgen. Außerirdische sollen es nicht gewesen sein.«

»Vielleicht etwas natürlich-unnatürliches, auf jeden Fall völlig Neutrales. Ein zufällig herausgebrochener, ungewöhnlich glatter Stein vielleicht. Im Moment der Berührung mit der geglätteten Oberfläche hat es geklickt. Eine zufällige Konfrontation mit bis dahin unentdeckten Formen. Die Gehirn-Maschinerie wurde durch Verblüffung erstmals in Gang gesetzt und war danach nicht mehr aufzuhalten.«
»Ein zufällig glatter Stein? Wie kommst du darauf?«
»Schwarz oder weiß. Ist Marmor kein natürlicher Stein?«
»Marmor? Du hast ja ziemlich konkrete, recht amüsante Vorstellungen. Keine Außerirdischen, dafür aber eine Prise Exzentrik.«
»Nein. Keine Gottheit. Ein schwarzer, glatter Monolith.«

Fibel des menschlichen Verhaltens

Ein Resultat der bescheidenen Bemühung, etwas Licht in das aufkommende Dunkel des menschlichen Miteinanders zu bringen:

Der Mensch ist des Menschen größter Feind.

Wir alle wollen etwas Besonderes sein. Jede/r einzelne von uns. Dafür strengen wir uns an, steigern unsere Bemühungen. Ja, manchmal schummeln wir sogar, übertreiben, färben Ereignisse ein, verändern. Weibliche Wesen bearbeiten ihr Äußeres. Keineswegs, weil sie oberflächlich sind, sondern um sich zur Besonderheit des Auges aufzuschwingen.

Männer prahlen mit praktischen Leistungen. Dafür gibt es einige Erklärungsansätze. In wenigen Worten zusammengefasst, wünschen sie, dem Bild zu entsprechen, welches entweder in ihren Erbanlagen verankert oder anerzogen ist.

Wie auch immer. Diese Beispiele sind an Banalität kaum zu überbieten. Viel Zeit wird vertan, bis man zu der Einsicht kommt, wie schlicht manche Zusammenhänge im Grunde doch sind. In unseren Tagen kann dies am Beispiel des weltweiten veränderten Politikstils abgelesen werden. In weit voneinander entfernten Flecken und zu gleicher Zeit findet die Tendenz - oder sollte ich: Sehnsucht schreiben - zur Vereinfachung komplexer Zusammenhänge mehr Zustimmung, als jedes Angebot, die Probleme in ihrer gesamten Tragweite anzuerkennen.

Ignoranz - oder welchen Weg ein einzelnes Individuum in der Masse oder die Masse in ihren einzelnen Bestandteilen auch immer bevorzugt - übt wider besseren Wissens eine unwiderstehliche Anziehungskraft aus. Dabei ist Simplifizierung nichts anderes als Verleugnung.

Die Alternative zu dieser Vorgehensweise: ruchlose aber unwiderstehliche Bequemlichkeit. Zugegeben: Menschliche Vergänglichkeit aufgrund von Faulheit hat einen gewissen Charme.

Der Gefahr, dass die geschilderte Vermeidungsstrategie selbst zur Krankheit wird, weichen wir geschickt aus. Diese Geschicklichkeit ist ein gefährdendes und deshalb gefährliches Geschenk der Danaer. Niemandem ist es bislang gelungen, jenen Vorgang zu entlarven. Männer hätten einzusehen, dass sie nicht zu allem befähigt sind und manchmal einfach nur ihren Mund halten sollten.
Und dem weiblichen Geschlecht mitzuteilen, dass es ein Morgen nach dem Make-up gibt, zählt zu den modernen Ungehörigkeiten.
Die eigene Persönlichkeit ist gewandet in übertriebenen Farben. Schwäche oder Versagen werden mit manntypischen Rechtfertigungen geglättet. Dabei stellt sich die Frage: In welchem Zusammenhang wird Versagen empfunden? Oder ist sie Ausdruck eigens konstruierter, übersteigerter Darstellungssucht, der nicht genüge getan werden kann? An einer Herausforderung scheitern ist keine Niederlage.

Also sind wir erneut am Ausgangspunkt: Wie werden der übersteigerten Selbstsucht Zügel angelegt?

Dieses offensichtliche Axiom gilt für alle gesellschaftlichen Sphären. Niemand soll hier voraussetzen, in
intellektuellen oder gebildeten Kreisen würde weniger
geprahlt. Wer so denkt, braucht sein Ohr bloß den
öffentlichen Orten borgen. Mir sei hier ein Beispiel aus
der Unterhaltungsbranche erlaubt: Hurz!
(Dank und Anerkennung, Herr Kerkeling, für diese
köstliche Lektion!)

Wenn nun jedes Individuum sich nur immer wieder um
die gesonderte Herausarbeitung seines Selbstbildes
bemüht, muss die Eigenheit des anderen übertrumpft
werden. Eine Folge dieses Wettbewerbs: mangelhafte
Akzeptanz. Unsere jeweiligen Absichten kollidieren
mehr oder weniger heftig miteinander. Zum Beispiel
höre man den höllischen Lärm aufeinanderprallender
Egos in sozialen Netzen sowie anderen
gemeinschaftlichen Foren. Niemand ist davon ausgenommen. Bis auf den Totalverweigerer von Öffentlichkeit in jeglicher Form.

Geltungsbewusstsein, Selbstdarstellung, Besonderheit, Egoismus - können wir überhaupt anders? Jede
bekannte Utopie der Einebnung individueller Spitzen
endet in menschenverderbenden Folgen der
Gleichschaltung. Dieses Argument fand in der
gesellschaftspolitischen Auseinandersetzung Gehör
wie auch in einigen Romanen. Beispielhaft steht hier
jene Gruppe von allem Tun und Protzen befreiten
Eloys in H.G. Wells Zeitmaschine.

Mit Gleichschaltung ist hier *nicht* die Einschränkung
des Konsums auf das Angebot eines einzigen
Produktes, wie zum Beispiel auf eine Sorte von
Zahnbürsten für alle Individuen, angesprochen. Selbst
wenn an dieser Stelle die Frage erlaubt sein muss,
welchen Schaden lediglich ein einziges auf *Kopf und*

Bürsten geprüftes Fabrikat für den Markt bedeuten könnte. Weicht unser Gebiss derart voneinander ab, dass es weltweit etwa dreitausendneunhundertfünfundachtzig (wirklich?) unterschiedlicher Zahnbürsten bedarf? Die Antwort auf diese Frage steht noch aus.

Nein, mit Gleichschaltung ist der Verlust von Neugierde, (An-)Trieb, Forscherdrang und dergleichen angesprochen. Wir sind ständig damit konfrontiert, dass kein Mensch dem anderen gleicht. Schon unser unterschiedliches Aussehen ist sichtbarer Ausdruck dessen. Bietet unser Planet aber ausreichend Raum für alle angeschwollenen Egos dieser Zeit? Kann es sein, dass da Quantität mit Qualität verwechselt wird? Nein, wird man Antworten hören. Der Egoismus wurde lediglich demokratisiert. Und ist dies nicht wahrer Fortschritt!? Vor zehntausend Jahren galt alleine das Recht des Faustkeils. Vor eintausend Jahren die des Schwertes. Vor einhundertfünfzig die des Colts. Nun regiert, nach wie vor neben der Muskelkraft, der Geldbeutel und die Wirtschaft beziehungsweise das Wissen. Besonderheit wird zur Ressource, damit wir uns besser auf dem Markt platzieren können? Nüchtern betrachtet ein furchtbar ordinärer Satz. Nochmal zum Genießen: Wir strengen uns an, uns besser zu verkaufen. Ja nun? Sind wir zu modernen Sklaven unserer Selbstsucht geworden?

Moment, höre ich einen Zwischenruf: Dieser Text arbeitet mit einem Trick. Besonderheit ist nur ein Austauschbegriff für Individualität. Und wie kann der offenkundige Vorteil von Individualität überhaupt in Zweifel gezogen werden?! Ist sie doch die Wiege unserer gesamten Zivilisation.

So, ist sie das? Dann hat sie alles Recht auf ihrer Seite, abträglich wirken zu dürfen? Sie baut auf und reißt wieder ein. So innovativ wie destruktiv. Niemandem darf und kann untersagt werden, seine Besonderheit zu suchen und auszuleben. Dafür gibt es keine Grundlage. Nur Feiglinge und Gutmenschen beklagen sich über daraus resultierenden Übergriffe. Aber nur, weil *sie* von dem Kuchen ohnehin nichts abbekommen. Das kennt man doch! Wer selbst keine Möglichkeit hat, sich ein Stück vom Ganzen herauszubrechen, verlangt nach intensivem Schutz durch die Gesellschaft. Falls man hinter den Vorhang dieses Verhaltens schaut, erkennt man auch nicht mehr als eine gewöhnliche, individuelle Taktik.

Stecken wir also tatsächlich in einem Teufelskreis? *Mit,* sprengen wir uns auseinander. Und *ohne* gibt es erst gar nichts zu sprengen? Ein feines Beispiel für die vorherrschende Absurdität.

Befinden wir uns wirklich in einer Zwickmühle? Ich mag dies hier und jetzt so gar nicht glauben. Oder sind wir Opfer einer im Alltäglichen häufig wirksamen Problematik: Entweder ist man betriebsblind beziehungsweise kann den dunklen Fleck, den Selbstbetrachtung nun einmal mit sich bringt, nicht einer Betrachtung unterziehen.
Gut, andere Menschen könnten am Selbstbild mitwirken. Nur: Lassen wir dies zu? Sind sie doch vom selben Erreger infiziert. Zwar habe ich offiziell nichts gegen die entlarvende Betrachtung, jedoch nur, so lange diese einem ganz bestimmten Duktus zu folgen vermag. Sagt jemand etwas Schlechtes über mich, beginnt die Hatz nach Rechtfertigung, Richtigstellung. Und da haben wir sie erneut: jene Betonung der persönlichen Besonderheit oder Ausnahme.

Kann die/der Selbst-Betrachtende seinen/ihren Standpunkt unter keinen Umständen verschieben? Nicht einmal ein klein wenig seitwärts oder vorwärts, eher noch rückwärts?

Halt! Es wird doch nicht feststehen, dass es keinen Ausweg aus diesem Dilemma gibt. Und natürlich ist das auch nicht der Fall. Nehmen wir die Besonderheit eines Musikers. Davon profitieren wir doch alle, sollten wir seine Musik mögen: Love Ain't A Love Song. Wo ist da das Problem? Oder Maler, Schreiber, Künstler, meinethalben gute Sportler/innen - was auch immer. Nur bitte nicht Helene Fischer. Na ja, wenn es denn der Sache dient, selbst sie. Wobei abermals exakt der eingangs erwähnte Ausgangspunkt erreicht ist: Musik hören, befördert die persönliche Besonderheit. Genauso Bücher lesen, Bilder betrachten. Was auch immer. Schon wieder holt uns das geschilderte Muster unversehens ein. Können Menschen überhaupt eine derartige Achtsamkeit entwickeln, diesem Automatismus nur ansatzweise zu entkommen?

Eigentlich ganz simpel: In freundschaftlicher Verbundenheit gemeinsam genießen. Unversehens wird uns diese miteinander geteilte Empfindung weit über den rein individuellen Genuss herüberheben. Und vor allem: Den Mitmenschen in Ruhe lassen. Schlicht Toleranz üben, wenn andere beschädigt werden könnten. Also Intoleranz der Intoleranz gegenüber. Kann das zur Selbstverständlichkeit erhoben werden?

Es ist bedauerlich, dass wir anders empfinden. Wohl wissend, dass Toleranz seine Grenzen hat, möchte ich das Wort für sie brechen. Es gibt keine edlere menschliche Eigenschaft, keine großartigere Weisheit. Angesichts dessen, was aktuell um uns herum geschieht, sollen wir Wahrheiten neu konstituieren. Dass diese Aufgabe so nachdrücklich eingefordert werden muss, hätte ich nicht für möglich gehalten. Nur eine menschliche Variante existiert völlig unbescholten durch all die Zeit: die Unbelehrbarkeit. Verursacht durch - richtig - den Drang, sein Selbst nach vorne zu peitschen.

Wer auf beiden Beinen und selbstbewusst in diesem Leben steht, ist zur Toleranz fähig. Mit anderen Worten: Wer nicht auf seine Besonderheit bestehen muss, weil er sich dessen sicher ist und aus diesem Grund verliebt in harmonischer Gemeinschaft lebt. Befriedigt.

Ihr glaubt das nicht? Dann habt Ihr es ganz einfach nur *noch* nicht richtig versucht.

Symposion

»Wir alle kennen das Thema dieses Treffens: das Lernen. Im speziellen Fall die Überwindung der Unbelehrbarkeit als Teil des Lernens. Nun gehen einige besorgte Anwesenden davon aus, dass die Beschäftigung mit diesem speziellen Teilbereich uns einer bislang unbekannten Gefahr aussetzt. Von *Infektion* ist die Rede. Wohl mehr von einer Art Selbstinfizierung. Wollen wir aber, frage ich mit allem Nachdruck, weiterhin tatenlos dabei zusehen, wie sich eine uns verwandte Gattung einer möglichen Ausrottung preisgibt? Und dies lediglich aufgrund eines unbestätigten Gerüchts über eine nur angebliche Gefahr uns durch den Kontakt einer, hier betone ich: extrem unwahrscheinlichen, Beeinträchtigung auszusetzen? Ist dies etwa nicht eine auf zweifelhaften Informationen basierende Entscheidung, sich tatenlos unbegründeten Ängsten auszuliefern, frage ich die versammelten Delegierten? Wird *uns* dieses Vorgehen gerecht? Nochmals: Es handelt sich ausschließlich um voreingenommene Vermutungen! Wir selbst als gefährdete Population, nähmen dankbar jede angebotene Hilfe entgegen.«

Vernehmliches Rumoren im Auditorium ist die Antwort.

»Gemach meine lieben Mitstreiter! Der dieser Aussage innewohnende Widerspruch ist mir durchaus bewusst. Auch mir ist der Zusammenhang gewärtig, dass akute Gefahr die Sicht auf eine angebotene Hilfe verstellt. Es muss mir trotzdem ohne Einschränkung erlaubt sein, alle zur Verfügung stehenden Mittel und Wege aufzuzeigen, damit ich eure Bedenken zerstreuen kann. Deshalb appelliere ich an die aufgeklärten Regionen unserer Fähigkeiten. Haben wir es doch mit einem grundsätzlich fremden, zur Selbsthilfe unfähigen Organismus zu tun, der dem Unglück ausgesetzt ist, zu keiner Zeit über die besonderen Fähigkeiten zu verfügen, welche uns auszeichnen.«

Erneut lauter Widerspruch in der Art: »Was hat unser Zustand mit Glück zu tun?«
»Und erst recht unsere mühsam gewonnenen Errungenschaften!«

»Sachte, sachte meine Freunde! Die Erregung ist unangebracht. Lasst mich meinen Vortrag ohne Unterbrechung zu Ende bringen. Danach werde ich gerne jeder Gegenrede mein Gehör schenken. Nun weiter: Lehrsamkeit hat primär etwas mit Erkenntnis zu tun. Und Erkenntnis basiert auf den Möglichkeiten der Informationsgewinnung. Ich kann nur verarbeiten, was aufgenommen wurde. Die Wahrnehmung spielt also eine gehörige Rolle in diesem Prozess. Kein Zufall, denn Wahrheit wünscht wahrgenommen zu werden. Und in meinem Beispiel muss ich noch weiter differenzieren, handelt es sich bedauerlicherweise um eine ganz besondere Art der Wahrnehmung: nämlich der sinnlichen. Information muss ja auf irgendeinem Weg in das Gefäß der Erkenntnis Gewinnenden gelangen. Natürlich kommt dem Prozess der, nenne ich es einfach, rationalen Verarbeitung der sinnlich gewonnenen Information eine ebenso große Bedeutung zu, wie den ubiquitären Methoden, dem Handwerkszeug des Denkens, den benutzten Lehren also. Falls mir die Methode der Addition unbekannt ist, kann ich die Summe zweier Zahlen nicht errechnen. Aber lassen wir es mit diesen allseits bekannten Grundnützlichkeiten nun gut sein. Wende ich mich dem von mir anvisierten, einzelnen Phänomen dieser Kohlenwasserstoffe, kurz Kowas, zu: Der sinnlichen Wahrnehmung sowie den Folgen scheinbar natürlich festgesetzter Prozesse und damit den hauptsächlichen Problemen der Kowas, was ihren, überflüssigerweise muss ich hier anmerken, komplizierten Vorgang des Informationsflusses und Informationsverarbeitung betrifft.«

Endlich hatte S. die volle Aufmerksamkeit aller Intelligenzen.

»Ich strebe die Veranschaulichung durch ein sehr schlichtes Beispiel an: Ein Kohlenwasserstoff äußert am frühen Morgen seines Arbeitstages, der reinen Konvention folgend, ein ‚Guten Morgen‘. Was kann unter Berücksichtigung der vorhin geschilderten Methode alles geschehen? Hier eine mögliche Variable: Jener ausdrückliche Gruß wird wegen der Schwerhörigkeit des Empfängers nicht vernommen. Die technischen Hilfsmittel gegen dieses körperliche Leiden sind zufällig zu Haus auf dem Nachtisch vergessen worden. Der Gruß bleibt also ungehört, unbemerkt und unerwidert. Jener Gruß-Gebende empfindet die ausbleibende Reaktion als Kränkung. Gehört er zur Befehlsgruppe der Kohlenwasserstoffe, kann dies für den Gruß-Empfangenden empfindliche Folgen haben: Versetzung, Degradierung durch Abordnung auf einen minderwertigen Posten, schlimmstenfalls eine erzwungene, gänzliche Ablösung von der auszuführenden Aufgabe. Ich kenne die hier möglichen Einwände sehr genau, verweise ausdrücklich auf die Beispielhaftigkeit der Schilderung und setze ein schlechtes Nervenkostüm beim Gruß-Gebenden voraus. Mir ist nur wichtig hervorzuheben, welch evidente Probleme mit der sinnlichen Wahrnehmung verbunden sein können. Sehen, hören oder fühlen ist der unzuverlässigste Weg einer Übermittlung von Grundlagen für alle anstehenden oder ausstehenden Entscheidungen. Und nun bitte ich euch sich vorzustellen, dass es sich beim zu behandelnden Fall um ein ausschließliches, ja, ich wiederhole gegen den aufkommenden Lärm: Um ein alternativloses Modell handelt! Die Kowas *können* einfach nicht anders.«

Die Unruhe wächst.

»Jawohl«, führt die vortragende Intelligenz aus: »Selbst Interessenvertreter dieser Kowas, also wichtige Entscheidungsträger, werden aufgrund photographisch vervielfältigter Plakate, die auf dafür vorgesehene Plätzen zu sehen sind, gewählt!«

Das gesamte Auditorium lärmt.

»Ja, richtig gehört: Das Antlitz der Kohlenwasserstoffe ist von Bedeutung für die Auswahl der Entscheidungsträger! Deren Konterfei wird auf übergroßen Wänden der breiten Öffentlichkeit präsentiert. Danach machen sie ein Kreuz auf einem Zettel. Nicht die Schilderung der Charaktereigenschaft, persönlicher Befähigung zu Entscheidungsfindung oder Problemlösungsstrategie dieser Interessenvertreter werden studiert, sondern Abbildungen ihres Konterfeis! Und aufgrund jenes willfährigen Eindrucks bildet sich das wählende Kowa seine Meinung und folgt am Tag der Wahl der einmal getroffenen Entscheidung.«

Der Lärm erzwingt eine Unterbrechung des Vortrags an dieser Stelle.

»Ich verstehe die Empörung. Augen und Haarfarbe oder harmonische Gesichtszüge werden zu

Entscheiddungsmerkmalen. Ein gewisser Trompeter, vielleicht heißt er auch Trumpeter, ich weiß es nicht mehr genau, ist auf diesem Weg zum ersten Mann einer mächtigen, dreihundertfünfundsechzig Millionen umfassenden Kowa-Zusammenballung gewählt worden.«

»Alles Übertreibung!«
»Du erwähnst nur willkürlich herausgegriffene Beispiele!«
»Unzulässige Verallgemeinerung!«
»Was geht uns das alles an«, hallt es dem Vortraggenden aus dem Auditorium entgegen.

»So hört mir zu! Ich kann weitere Beispiele anführen. Wenn es auch nicht unbedingt zielführend ist, sich mit einigen wenigen, speziellen Prozessen zu beschäftigen, hilft es uns bei unserer Entscheidung, sich die Folgen ihrer Unbelehrbarkeit deutlich vor Augen zu führen. Deshalb sei mir erlaubt anzufügen: Zwei Kowas treffen die persönliche Entscheidung über ihre gemeinsame Zukunft unter Einwirkung ihres Geruchssinns. Oder der Abstammungsort wird hochstilisiert, indem ihm, aus völlig rätselhaft anmutenden Gründen, fast magische Kräfte zugesprochen werden. Man denke da an den sozialisierten Vorgang, sich zu den bekennenden Vertretern gewisser unorthodoxer Sportarten zu zählen, die in einer Art Städtewettstreit einen Meister ausspielen. Oder sie erstehen industriell gefertigte Produkte, offenbar von ihren sinnlichen Anreizen betäubt, von denen sie nicht einmal sagen können, zu welchem Nutzen sie diese, unter großem Einsatz von Ressourcen, erworben haben. Spielt möglicherweise die Form der Verpackung, die Farben, die Bezeichnung bei dieser Entscheidung eine Rolle, so tut die chemische Zusammensetzung des Produktes überraschenderweise nichts zu Sache. Ob das künstliche Produkt in Wirklichkeit besser reinigt als ein nasser Waschlappen, wird nie geklärt. Selbst bei eminent weittragenden Entscheidungen wird die sinnliche Aufnahme von Fakten als Grundlage der Informationsgewinnung zu keiner Zeit und an keiner Stelle in Zweifel gezogen! Gleich, ob dies zu absurden, ja gefährdenden Entscheidungsfindungen führt oder nicht. Deshalb benötigen die Kowas dringend unsere Unterstützung!«

Die Unruhe im Auditorium wird von einer gespannten Stille abgelöst.

»Doch gibt es auch eine andere Seite dieser sinnlichen Wahrnehmung: Sie bestimmt die Gefühle der Kowas. Durch Geschlecht voneinander unterschieden - später kann ich auf diese uns fremde Unterscheidung durch das Geschlecht eingehen - senden sie unterschiedliche Signale aus, die sich einem rationalistischen, nüchternen Blick entziehen. Von Körperteilen wie Brüsten, Gesäßen, Harnfortsetzungen (auch Penisse gerufen), Beinen, Schultern, Rücken, Füßen und und und ... fühlen sie sich gegenseitig angezogen. Bei kompletter Ausblendung sachlicher Gesichtspunkte jeder Art. Ein einziger Blick auf die oder den Kowa führt bereits eine Entscheidung herbei. Markante Persönlichkeitsmerkmale der oder des Erwählten bleiben dabei völlig außen vor. Ein Konzept, welches im Laufe der Zeit natürlich zu einer häufig unvermeidlichen Aufkündigung von Gemein-schaften führt. Übrigens: Die Früchtchen dieser Gemeinsamkeiten leiden unter der Trennung. Eine Folgeerscheinung, die jedoch keine Beachtung bei den Kowas findet.«

Der Vortragende holt noch einmal tief Luft, um fortzufahren:

»Fassen wir zusammen: Eine Entscheidung wird auf der Grundlage eines diffus emotionalen Konglomerats getroffen. Weder ist den Kowas der Weg oder Impuls noch der aufnehmende und verarbeitende, eigene innere Anteil gewärtig. Die Anleitung ihres Handelns ist demnach vollständig irrational, manchmal sogar rätselhaft unlogisch. An dieser Stelle muss der Hinweis erlaubt sein, dass alleine der geschilderte Prozess der Informationsgewinnung die Benutzung des Begriffs Logik ausschließt. Einige mathematisch begabte Kowas entwickelten ein abstraktes Verständnis von Logik, das sich nicht verallgemeinern ließ, weil dieser Begriff zwangsläufig die Emotionalität ausklammert lässt. Trotzdem ich angehalten bin, mich kurz zu fassen, hoffe ich, dass es mir gelungen ist, die Gründe für jene offenbare Unbelehrbarkeit der Kowas allen Anwesenden näher gebracht zu haben. Sie können nicht entscheiden, ob ihre Wahrnehmung der kompletten Umwelt durch eine Spiegelung der Tatsächlichkeit in ihren Köpfen oder doch durch einen Prozess, nennen wir es hier ruhig beim Namen: Konstruktion erfolgt. Erschwerend muss hinzugefügt werden: Selbst wenn sie ihre Vorgehensweise als Konstruktion erkennen sollten, so haben sie doch keine Kenntnis über die unverzichtbar nötigen Werkzeuge und Mechanismen. Überspitzt darf ich formulieren: Sie sehen, ohne zu wissen, was sie wie sehen. Deshalb sind Vorwürfe ungerechtfertigt. Bevor wir ein abschließendes Urteil über sie fällen, haben wir den Weg eigener Meinungsbildung zu prüfen. Die Gefahr einer gefährdenden Infiltrierung unseres Daseins durch das geschilderte Manko ist meiner Meinung nach verschwindend gering. Sind wir uns doch über die angesprochenen Prozesse im klaren und operieren zweckbestimmt. Der Verwirrung jener

Kowas durch unzureichenden Informationsfluss, sowie sich zwangsläufig daraus ergebenden Vorurteilen, vermögen wir durch behutsame Maßnahmen entgegensteuern. Dann, und nur dann werden wir die Kowas lehren, mit ihren Ressourcen verantwortungsvoll umzugehen. Dieses Bemühen verlangt ein gehobenes Maß an Empathie allem Leben gegenüber. Mag es uns noch so unwürdig, verwirrt und aggressiv erscheinen! Damit bin ich am Ende meines Vortrages.«

Eine geraume Zeit herrscht betroffenes Schweigen. Dann erhebt sich eine der Intelligenzen: »Wir haben den flammenden Appell unseres Freundes vernommen. Gibt es eine Gegenrede?«
»Er ist uns noch die Unterscheidung in Geschlechter schuldig geblieben«, hallt es, begleitet mit Gelächter, aus dem Auditorium. Der Vortragende schüttelt ob dieses Einwurfs vorwurfsvoll mit seinem denkenden Teil.
»Ich sehe keine Meldung. Dann kommen wir zu Abstimmung. Sind alle verantwortlichen Intelligenzen versammelt? Dem ist so. Ich stelle demnach die Beschlussfähigkeit hiermit fest. Zur Verdeutlichung noch einmal die zur Wahl stehenden Varianten:

1. Wir nehmen die Anregung unseres Freundes auf und entwickeln eine wohlüberlegte, zeitintensive Kampagne unter den Kowas, mit dem Ziel, sie den entscheidenden Schritt näher an die kosmisch geltenden Gesetzmäßigkeiten des Lebens zu führen. Damit übernehmen wir für einen unbestimmten Zeitraum die Last der dortigen Evolution.

Oder:

2. Wir ernennen den Einen unter uns, ihnen per Dekret aufzuzwingen, was als unverzichtbar erkannt und benannt ist. Dafür wird es notwendig sein, diesen Einen als ihren Einen auftreten zu lassen. Wir können auf ein den Kowas bekanntes Konstrukt des Absoluten, sie nennen es unter sich: Göttlichkeit, zurückgreifen. Dazu noch irgendwelche Fragen?«

»Ja! Sollten wir uns für die zweite Variante entscheiden, wer bitte möchte in diesem Fall Gott sein?«

Black Box

»Danke, dass du meiner Einladung so schnell gefolgt bist.«

»Wo sie so nachdrücklich ausgesprochen wurde, habe mich nicht getraut, auch nur eine Minute zu zögern.«

»Das ist gut so. Denn ich bin völlig aufgelöst. Ich muss einfach mit jemandem sprechen.«

»Hier bin ich. Was gibt es Spannendes?«

»Dafür danke ich dir. Passiert ist noch nichts. Ich habe eine Entdeckung gemacht. Und zwar eine bahn-brechende, wie ich glaube, sagen zu dürfen. Sie wird alles verändern und ist doch so schlicht, dass es mich selbst in Erstaunen versetzt.«

»Falls du meine Neugierde wecken wolltest, so ist dir das gelungen.«

»Nicht alleine deine Neugierde möchte ich wecken. Mehr noch ein Gefühl für die zu erwartende, um-- wälzende Veränderung. Ich behaupte, sogar ein neues Zeitalter wird anbrechen.«

»Das sind große Worte.«

»Dessen bin ich mir bewusst. Sie sind zur Einstim-mung gedacht. Bist du bereit, für eine Entdeckung immensen Ausmaßes?«

»Fragst du mich noch einmal, so werde ich vor Spannung wahrscheinlich platzen.«

Mit einem triumphierenden Lächeln im Gesicht präsentierte I. eine schwarze, rechteckige Box. Unge-fähr so groß wie ein Schuhkarton. R. schaut verwirrt auf dieses Ding.

I. lacht: »Hahaha.«

R. bleibt einige Augenblicke still. Was hatte I. in letzter Zeit so getrieben? In sechs aufeinander folgenden Monaten hatten sie wenig miteinander gesprochen und keinen ihrer in der Vergangenheit beliebten Abende in unbeschwertem Austausch von unbedeutenden Kleinigkeiten zugebracht. Oder war das letzte Treffen sogar ein ganzes Jahr her? Gar länger als zwölf Monate? R. bewegte sich unruhig auf dem Hocker.

»Hahahaha.« I. lachte in einem fort.

War I. etwa verwirrt? R. wagte kaum, sich selber diese Frage zu stellen.

»Ist schon in Ordnung. Du brauchst dich nicht zu sorgen. Die Anspannung wollte aus mir heraus. Ich bin nicht verwirrt! Die intensive, monatelange Forschung hat mir zugesetzt. Jetzt aber ist es geschafft. Ich präsentiere dir das Resultat dieser Mühen: Eine Black-Box zum Extrahieren purer Information, die an zentralen Proxys stationiert, alle versehentlich oder absichtlich eingebaute Desinformation herausfiltert und uns nichts als die eigentliche Information präsentiert. Unkommentiert und völlig frei von jeglichem Einfluss.«

»Wie bitte?«

»Du hast schon richtig verstanden: reine Information. Befreit von der unbeabsichtigten Verwässerung während ihrer Sammlung. Kristallklar belassen im Prozess der Aufbereitung. Dargeboten mit, nein, eben ohne auch nur einer Spur von verfälschender persönlicher Färbung, wie es meinethalben bereits das Kleid der Nachrichtensprecherin bedeuten kann.«

»Ich verstehe nicht ganz.«

»Ein Reinigungsprozess der Sprache. Eine Reduktion auf den eigentlichen Kern, der jedes Missverständnis aufhebt. Von den Gesetzen der Mathematik habe ich die Reinhaltung übernommen. Die Linguistik für den Ausdruck herangezogen. Die Informatik für die

Übertragung in die Verantwortung genommen. Und Kybernetik als Kontrollmechanismus in den für den Laien nicht darzustellenden Ablauf eingebaut. In diesem Augenblick sind die Zeiten endgültig vorüber, in denen ein Fake unsere Gedanken verwirrt. Oder ein Big Boss im eigenen Interesse Informationen so aufbereitet, dass wir am Ende nicht mehr nachvollziehen können, um was es ursprünglich geht. Katastrophen werden in ihrem gesamten Ausmaß begriffen. Populäre Ereignisse dagegen auf das reduziert, was sie sind und sein sollen: Unterhaltung, keinesfalls bedeutende Information. Meinungsbildung wird auf ein bisher unbekanntes, unerreichtes Niveau gehoben. Illustrierte werden zu dem, was sie faktisch sind, weil ab sofort die Möglichkeit zur Verfügung steht, die Wirklichkeit völlig unverstellt zu erkennen. Erstmals erfährt unsere Gesellschaft Information ohne veränderndes Beiwerk.«

»Und das alles alleine durch diesen schwarzen Kasten?«, stellte R seine ungläubige Frage.

»Ja. Lediglich jener kleine Kasten verwirklicht diese umwälzende Neuerung. Wir können ihn gleich an meinen Computer koppeln und die aktuellen Nachrichten völlig neu hören, wie es kein Mensch vor uns erlebt hat. Bist du bereit?«, wollte I. erfahren.

»Ehrlich gesagt, weiß ich nicht, ob irgendjemand auf dieser Welt dafür bereit ist. Ich kann mir nicht im Entferntesten vorstellen, wie der von dir umschriebene Wandlungsprozess funktioniert. Aber lassen wir die technischen Voraussetzungen beiseite. Es geht dir ja in erster Linie um das Resultat. Ich bedauere dir, sagen zu müssen: Da gibt es zwei Seiten, die zu berücksichtigen sind: die Informationsquelle und die Informationsaufnahme. Du hast die Quelle neu zum Sprudeln gebracht. Wie aber wird die oder der Empfänger reagieren oder reagieren können? An welcher Stelle deiner Forschungen hast du einen Freiraum dafür eingerichtet?«

Selbst durch I's unwilliges Brummen lässt sich R. nicht beirren: »Deine Reaktion ist verständlich, wo du so viel Mühe, Zeit und Arbeit in die Black-Box investiert hast. Bedenke bitte: Hält jemand eine Kostbarkeit in Händen und erkennt diese nicht als solche, wirft er sie achtlos weg. Und manchmal hält man eben doch nur einen Kieselstein fest und sieht rätselhafterweise einen Edelstein. In beiden Fällen ist es unwichtig, aus welchem Material der Stein ist. Wie wir darüber befinden ist entscheidend.«

»Dein Beispiel ist enttäuschend. Außerdem: Informationen hält niemand in Händen«, antwortete I. gekränkt.

»Das ist zutreffend. Und keinesfalls ist es meine Absicht, deine Arbeit herabzuwürdigen. Wie käme ich überhaupt dazu! Aber deshalb muss trotzdem differenziert werden dürfen. Die Informationsübertragung einer Zahlenlotterie verursacht kein Problem zwischen Absender und Empfänger. Veröffentliche ich dagegen eine Entscheidung der UN, an irgendeinem Flecken dieser Erde aktiv zu werden, so verhält es sich ganz anders. Da ist Vorwissen nötig. Mit der reinen Information kann ein Empfänger nichts anfangen. Was ist Wissenswertes daran, falls Truppen der UN - ich vermeide hier in Voraussicht der Aufgabe deiner Black-Box bewusst die übliche Wendung *Friedenstruppen*, denn bewaffnete Truppen bringen immer Krieg statt Frieden, sonst wären sie ja keine militärisch wirksame Einheit - die Hauptstraße von meinethalben Bengalon überwachen? Vielleicht nur, dass Panzerwagen und schweres Geschütz eingesetzt werden. Nicht zuletzt: Wissen alle Zuhörer, was sich hinter den beiden Buchstaben UN verbirgt?«

»Suggeriert Panzerwagen und schweres Geschütz nicht bereits bestimmte Konstellationen beim Empfänger? Und die Vereinten Nationen kennt jeder Mensch.«

»Mag sein. Dann eben ein anderes Beispiel: Es wird von der Tagung der Interessenvertretung X berichtet. Ein Vorstand wird gewählt. Diese Information ist allerdings ohne Subkenntnisse nutzlos. Mit der Wahl der Person Y ist ein bestimmtes Programm verbunden. Wer über diese verknüpfende Information nicht verfügt, vermag, alleine mit dem Namen der gewählten Person nichts anfangen. Und damit wird gefilterte Information in der Praxis gegenstandslos«

»Wird dieser Vorstand dank meiner Entdeckung nicht frei von allen Vorurteilen vor dem Publikum auftreten und sein Programm selbst vorstellen können?«, prahlte I..

»Ich erkenne darin keine Vorteile.«

»Dann verstehe ich nicht, worauf du hinauswillst?«

I. war von R's Reaktion offensichtlich aufgebracht.

»Das ohne unsere verfluchten Vorurteile, ohne Gefühl, Spontaneität, persönliche Interessen, Wünsche, Ängste, halt dieses gesamte Spektrum, welches du auszuschließen gedenkst, keine Weitergabe von Information sinnvoll erscheint.«

»Und all' deine Klagen über Verfälschungen, der Derrealisierung von Realität, maßloser Übertreibung, letztendlich Verdummung? Wo bleiben schlagartig diese Bedenken?«

»Genau dort, wo sie waren, beziehungsweise sind. Du aber hast das Problem vom falschen Ende aufgezäumt. Der Aufnehmende ist genauso verantwortlich, wie der Sendende. Und nur, wenn dieser Verantwortung entsprochen wird, kommt es zu der von mir erstrebten Veränderung.«

»Machen wir es für alle viel einfacher und schalten die Black-Box zum Zweck der Vorhut dazwischen! Der mögliche Fortschritt wird den Beteiligten Augen und Ohren öffnen.«

»Und genau das verhindern, was ich anmahne: eigenes Denken.«

Lange entgegnet I. nichts auf diesen Einwand, um dann entschlossen aufzutreten: »Lass es uns trotzdem versuchen. Deshalb habe ich dich eingeladen. Komm, schließen wir die Black-Box an meinen Rechner und sehen, was passiert.«

»Wie, du bist dir nicht im Klaren, was geschehen wird?«

»Nein. Nicht vollständig. Was letztendlich im Monitor übrig bleibt von der gesamten Informationsflut, entzieht sich allen Berechnungen.«

R. macht ein skeptisches Gesicht.

»Wovor fürchtest du dich?«, will I. wissen.

»Das du irgendetwas übersiehst und uns in völlig unerwartete Schwierigkeiten verwickelst. Hast du irgendwelche Spezialisten befragt?«

»Damit sie meine Entdeckung vereinnahmen, verhindern oder gar stehlen? Auf gar keinen Fall! Du bist der erste Mensch, den ich informiere.«

»Wie nur konntest du, ganz auf dich alleine gestellt, auf eine solch unfassliche Möglichkeit stoßen?«

»Mein Ansatz ist so einfach wie radikal. Eine Diskussion darüber ist hier und jetzt nutzlos, da dir jegliche theoretischen Voraussetzungen fehlen. Aber deswegen habe ich dich auch nicht gerufen. Ich möchte, dass wir gemeinsam den ersten Schritt in eine neue Informationszukunft tun.«

»Gerade deshalb sprach ich von Spezialisten. Ein Gespräch mit ihnen würde dir Gewinn bringen. Einen Austausch über Möglichkeiten, Chancen und Risiken.«

»Es existieren keine Risiken! Die Black-Box schleust ja nichts in's Netz. Sie siebt nur am Ende etwas heraus!«

»Aber was kann das sein? Auch Fakes bestehen nur aus Bits und Bytes!«

»Diese Sorge überlass' ganz mir. Ich möchte das Resultat meiner Arbeit mit dir teilen. Und den besonderen Moment.«

»Das ist sehr freundlich von dir. Und es gibt nichts, was dich umstimmen könnte?«

Mit einem Lächeln macht sich I. an der Black-Box zu schaffen, verbindet sie mit dem Rechner.

»Bereit?«

»Wie sollte jemand nicht neugierig auf deine Schöpfung sein! Gleich, wie phantastisch sich alles anhört. Ich muss einfach sehen, was du geschaffen hast!«

Ein großer Moment. Knistern. Der Bildschirm flackert. Code eingeben. Browser öffnen. Es folgt die Eingabe: world.news.block.com. Gespannte Ruhe. Lange Zeit geschieht einfach nichts. I's Blick wird angespannt. Der Bildschirm bleibt nicht schwarz, nicht weiß, sondern grau.

Und dann erscheint sie. Allmählich. Auf dem gesamten Bildschirm verteilt: Jene herbeigesehnte,
absolut reine Information.

Beide starren wie gebannt auf den Bildschirm. Buchstaben und einzelne Zahlen erscheinen, offensichtlich
willkürlich über die gesamte Monitorfläche verteilt und
für niemanden verständlich. R. schaut fragend auf I..
I. zuckt mit den Achseln. Tatsächlich klopft I. in einer
Geste der Hilflosigkeit mit der flachen Hand auf den
Deckel der Black-Box. Anschließend auf die Seite des
Bildschirms. Natürlich verändert diese naive Handlung
gar nichts.

Mit Blicken verständigen sich die beiden wortlos. Auf
zum nächsten Rechner. Der Browser wird geöffnet,
dieselbe URL eingegeben und ....

Jeder ahnt es: Derselbe Buchstaben und Zahlensalat,
obwohl die Black-Box an diesen Rechner gar nicht
angeschlossen wurde!

Die Blicke werden besorgt. Beide eilen in das nächst-
gelegene Internetcafé. Schon von draußen erkennen
sie die erstaunten Gesichter der Gäste. Da bedarf es
keiner weiteren Bestätigung, hören und sehen sie
doch die Antwort auf das Bemühen um objektive,
reine Information:

Vollständige Verwirrung.

Weitere Geschichten des einsamen Piloten

Ich habe mich schlichtweg verweigert.

Wie kann sich ein einsamer Astronaut, unterwegs in den unendlichen Weiten des Universums, verweigern? Vor allem: Was und wem sollte er sich verweigern? Durchaus sinnvolle Fragen.

In einem älteren Bericht habe ich davon erzählt, wie es zu dem Abbruch des künstlichen Schlafes kam. Es ist also nicht nötig, auf dieses Ereignis nochmals einzugehen. Nur so viel: Die vom Kontrollzentrum erfolgte Aufforderung, sich eine Injektion zu setzen, um mich erneut in den Zustand des künstlichen Schlafes zu versetzen, habe ich rigoros verweigert. Mein Vertrauen war zum Teufel. Und ist das Vertrauen erst einmal im Eimer, gibt es kein Zurück. Sicherheitshalber hab' ich einen großen Bogen um den Med-Automaten mit all seinen Nadeln gemacht. Niemand kann mir garantieren, ob die da unten (oder waren sie gerade die da oben?) mich nicht ungefragt in die bereits bekannte und gescheiterte Trance versetzten. Dieser kniffligen Situation wollte ich mich in gar keinem Fall aussetzen.

In dieser Zeit fehlte mir jegliche Vorstellung von dem, was noch auf mich zukommen sollte. Wäre ich womöglich, angesichts der um einiges später gewonnenen Erkenntnis, sogar bereit gewesen, das Risiko erneuter Qualen, verursacht durch jenen künstlichen Ruhezustand, abermals auf mich zu nehmen? Es fehlt die unverzichtbare Gewissheit, eine derartige Frage zu beantworten. Auf der anderen Seite der Waagschale wirkt über- raschend eindringlich der Wert einer völlig neuen Erfahrung, die mich, aller Voraussicht nach, in meiner Entwicklung sehr viel weiterbringen wird.

Anstelle eines angreifbar-passiven Schlummers postierte ich mich im bequemsten Sessel, mit der berauschenden Aussicht auf die nächsten und entferntesten Gestirne in dieser Unendlichkeit. Da ließ es sich aushalten. Es spielte herrliche Musik und ich genoss einen Ausblick, um den mich Zehntausende von Erdenmenschen beneideten. Das Essen war abwechslungsreich. Die Lektüre erstklassig. Und wenn mir danach war, schaute ich mir einen alten schwarzweiß Film an.

Die regelmäßig eintreffenden Nachrichten von der Erde verloren für mich jede Bedeutung. Ich war für alle politischen und gesellschaftlichen Verwerfungen im wahrsten Sinne des Wortes unerreichbar. Das verändert die Perspektive. Immer wieder ertappte ich mich dabei, wie ich über eine naturgemäß ernste Nachricht laut und aufrichtig lachte. Andere Informationen fanden gar keinen Anschluss mehr in mir. Selbst die unerwarteten Erfolge meines Lieblingssportvereins nahm ich teilnahmslos hin. Sollten sie da unten nur machen, was sie wollten. Ich war autonom! Natürlich nur in einem gewissen Sinne. Denn ein einzelner Defekt bedeutete das Ende dieser Autonomie. Auf der Erde wäre ich ebenfalls Gefahren ausgesetzt. Etwa konnte mich ein Vakuumgleitfahrzeug niederwerfen. Oder die automatisch schließende Tür eines Quick-Tram-Waggons meinen Körper, mit dem mechanisch vorgetragenem Hinweis: »Dies ist kein Ausgang!«, in zwei Teile spalten. Etwa, wenn die Kameraüberwachung kurz ausfiel. Es gab derartig viele Varianten. Ich schätzte die tägliche Gefahr hier im Vakuum nicht höher ein, als auf der Erde.

Musste mir derart drastisch vor Augen geführt werden, wie begrenzt die menschliche Vorstellungskraft doch ist? Ich teile diese Notwendigkeit auf keinen Fall!

Am eintausendsechshundersechundsechzigsten Tag der Mission war ich für eine Nanosekunde einer vollwert'schen Hyperbolikkraftfeldgenderwandlung ausgesetzt. Natürlich habe ich dies erst im Nachhinein festgestellt. Im Moment des Einflusses lag ich still und entspannt auf dem Ruhesessel und registrierte keinerlei Fremdeinwirkung. Im Gegenteil: Ich fühlte mich wohl und pfiff einen Schlager vor mich hin, den ich bislang irgendwo im Unbewussten weit entfernt und tief gelagert hatte. Natürlich ist alles eine Frage des Geschmacks. Aber weshalb turtelte mir gerade *dieser* Schlager in genau *jener* Minute durch *diesen* Teil meines Gehirns? Berechtigte Frage, angesichts der jahrelang aufrechterhaltenen Distanz zum vernommenen Notenkonglomerat.

‚Was soll's‘, dachte ich. ‚Was die Spontaneität gebiert, sollte von der Ratio im Nachhinein nicht eingestampft werden.‘
Damit war das Thema auch schon abgeschlossen.
Kurze Zeit später überraschte mich folgender, unerwarteter Gedanke: ‚Ich solle endlich in dieser Dreckkapsel Aufräumen. Nichts liegt am vorgesehenen Ort. Alles ist von einer fingerdicken Staubschicht bedeckt!‘

‚Staub, welcher Staub?‘, fragte ein anderer Teil meines Gehirns. ‚Es ist ausgeschlossen, dass sich auch nur eine dünne Staubschicht in diesem Sternengleiter finden lässt.‘

‚Was für ein Unsinn. Streich einmal mit zwei Finger über das Bord!‘

‚Verdammt! Wer redet denn da?‘

‚Na ich, beziehungsweise du mit dir. Stell doch nicht so überflüssige Fragen!‘

Erstaunt hielt ich mein innerliches Mundwerk.

‚Und wie schau ich überhaupt aus? Die Nägel sind völlig ungepflegt. Die Haare ungekämmt.‘

Tatsächlich richtete sich mein Blick auf einen vorher nie benutzten Spiegel, um mich zu begutachten.

‚Und die Augenbrauen könnten auch mal wieder gezupft werden. Wie zerknüllt ist denn diese Jacke! Tss, tss, tss. Schauen wir doch mal nach, ob der Kleidercontainer nicht Hübscheres im Angebot hat.‘

Kaum ausgedacht, stöckelte ich davon. Klamotten flogen durch die Luke, bis endlich ein adrettes Stück gefunden war.

‚Wo finde ich Kamm und Hautpflegemittel?‘

‚Ich wüsste nicht, dass dergleichen an Bord ist.‘

‚Dann wird es Zeit, sich an die Herstellung zu machen. Ich kenne die nötigen Zutaten. Ein entsprechendes Prográmmchen für den 3D Drucker ist schnell geschrieben. Und Rohmaterial findet sich, zum Glück, ausreichend in den Lagern. Und Blumen! Wo sind die Blumen?‘

‚Eingepackt irgendwo im Biocontainer.‘

‚Nichts wie hin. Es fehlen Farben und Düfte. Wir werden uns gleich wohler fühlen.‘

Das glaubte ich nun wirklich nicht. Momentan fühlte ich mich recht unwohl mit dem, was sich in und mit mir ereignete. Das Getue war nicht mehr aufzuhalten.

Es entwickelte sich zwar kein botanischer Garten. Was sich alles in Form von Samen und Zwiebeln an Bord fand, versetzte mich in Erstaunen. Kaum waren die Blumen aufgestellt, die Haare gekämmt, die Fingernägel mit durchsichtigem Lack überzogen, drückte meine Blase.

,Wie? Hier wird nicht im Stehen gepinkelt!'

,Schon vergessen? Ich habe einen Urinalüberzieher zu benutzen. Das funktioniert nur im Stehen.'

,Unsinn! Das geht auch im Sitzen. Man muss sich halt ein bisser'l anstrengen. Mehr nicht. Wart', ich zeig's dir.'

Damit begann ein Gewerkel an meinem Penis. Ziemlich ungeschickt, darf ich noch hinzufügen. Wie ein erstes Mal. Letztlich verursachte dieses Gefummel eine Erektion.

,Huch!'

,Wie nun: Huch? Was, denkst du, passiert, wenn dies Körperteil nach so langer Abstinenz bearbeitet wird und du ihn,' hier konnte ich nichts anders, ,derart anstarrst. Noch fließt das Blut ungehindert in meine Schwellkörper.'

,Und, was stellst du dir dabei vor?'

,Was fragst du so blöd? Du darfst es doch selber sehen.'

,So, kann ich das? Und wenn ich nun gar nicht hinschauen will?'

,Dann frag nicht so dämlich!'

,Würdest du bitte einen anständigen Umgangston wählen! So lasse ich nicht mit mir reden!'

,Und ich lasse nicht so an mir herum fummeln! Immerhin habe ich mit den Folgen leben.'

,Ach, und ich werde dabei ausgeschlossen?'

,Bitte: Wer ist denn ich? Ich bin ich und du bist …'

Ja, verdammt, wer war da in oder mit mir?

Die Stimme antwortete eindeutig beleidigt: ‚Ist schon gut. Ich spüre, wann ich unerwünscht bin. Also verschwinde ich der Stelle.‘

Und still war's. Ich blieb verständlicherweise verblüfft zurück. Sicherheitshalber unterzog ich mich einem Geistes- und Organcheck. Die auf der Erde zurückgebliebenen Experten wurden mit der Prüfung beauftragt, ob sich Anzeichen einer beunruhigenden Veränderung andeuteten. Einzige Auffälligkeit des Gehirnscan: In meinen für's Geschlecht verantwortlichen Regionen prangte ein grün-rosa Punkt, der bisher nicht da gewesen war. Die Zustandsdiagnose deutete uneingeschränkt auf gesund. Also suchte ich, mich zu beruhigen. Ohnehin war mir die Art und Weise der Aufregung völlig neu und bislang noch nie untergekommen.

Am nächsten Tag fühlte ich eine Schwere in meinen Brüsten, Pardon Brust. Und die Stimmung war auf dem absoluten Tiefpunkt. Erstmalig während dieser langen Reise zog ich in betracht, einige Aufheller zu schlucken. Doch bevor ich Chemie in mich pumpte, wünschte ich, etwas über die Ursache für meinen Zustand in Erfahrung zu bringen.

‚Gut. Was und wo immer du sein solltest: Ich gebe mich geschlagen. Bitte rede mit mir, falls du existent bist!‘
Totale Stille.
Ich bewegte mich zum einzigen Spiegel in der Kapsel und kämmte, völlig überflüssigerweise muss ich anmerken, mein kurzgeschnittenes Haupthaar mit der kürzlich im 3D Drucker produzierten Bürste. Zugegeben, die Kopfhaut dankte es mir. Ganz behutsam schaute ich an mir herab und blieb an meinen Waden hängen. Bis hierher war mir nicht

aufgefallen, wie unförmig die waren! Zu bescheiden nach außen gewölbt, eher ebenmäßig und sehnig. Ich rieb einige Male darüber und stellte fest, dass sie behaart waren. Dieser Umstand erschien mir neu und ich begab mich auf die Suche nach einem Rasierapparat.
‚Halt! Was tu ich denn da? Weshalb stört neuerdings meine Beinbehaarung?‘

Angestrengt versuchte ich, den Rücken zu betrachten, wie es dort wohl ausschaute. Ein Ausblick, der bislang keinerlei Interesse hervorgerufen hatte und mich keinesfalls zufrieden stellte. Dafür wirkte der Ansatz des Hinterns recht ansehnlich, wie ich bemerken darf. Leicht strich ich mit der Hand darüber, um seine Formung sinnlich zu erfahren. Dann gab ich mir selber einen Klaps und lächelte zufrieden in mein Spiegelbild.
‚Bis du nun völlig ..., ja, was denn?‘
‚Wenn du nicht umgehend derartige Bösartigkeiten unterlässt, kannst du was erleben!‘
‚So, was denn?‘
Der Stich im, vielmehr quer, durch den Unterleib war keineswegs von schlechten Eltern. Derartige physische Erfahrungen waren mir bislang fremd.

‚Da staunst du, was? Vorlaut wie ein Schimpanse. Aber wenn du mal einen kleinen Kick abbekommst, hältst du gleich dein loses Mundwerk!‘
‚Vorlautes Mundwerk? *Das* wirfst du mir vor?‘

Kurz überlegte ich, wer du und ich sei. Kein Zweifel: Ich war du. Und du war ich. Jenes Zwiegespräch in mir und über mich war von und durch mich. Kompliziert. Aber eigentlich doch wieder nicht. Mit wem sonst sollte ich hier eine Unterhaltung führen können? Vielleicht hatte mich das unstillbare Bedürfnis nach einem Gespräch in die Verdoppelung getrieben. Wie bereits betont: Zu dieser Zeit verfügte ich über keinerlei Kenntnis von der ursächlichen Wirkung des vollwert'schen Hyperbolikkraftfeldgenderwandlers.

‚Bevor wir reden, hab' ich eine Bedingung.'
‚Und die wäre?' Mir war nicht ganz wohl bei der Aussicht, tief sitzenden Phantasien hilflos ausgesetzt zu werden.
‚Du hörst ständig derart komplizierte Musik. Die geht mir seit längerem gehörig auf die Nerven. Jetzt legst du folgende Musikkonserve auf und wir werden etwas Spaß haben.'
Gleichzeitig wurde eine Liste vor meinem inneren Auge ausgebreitet.
‚Niemals. Nicht eins davon habe ich vor Abflug eingepackt.'
Zuerst Stille. Darauffolgend erneut dieses Stechen im Unterleib.
‚Für jede Schummelei versetze ich dir einen Hieb. Und glaub' nicht, ich hätte keinen Zugriff auf all' deine Körperregionen. Also hier zum Beispiel ... , es verschlug mir den Atem. So heftig fühlte ich den Stoß in den Solarplexus. ‚... macht es mir besondere Freude, tätig zu werden. Doch auch jene Stelle ...', es folgte ein Stechen im Knie, ‚finde ich ganz verlockend in ihrer Schutzlosigkeit. Also rate ich dir: Kein weiteres verlogenes Wort!'
Sicherheitshalber blieb ich still.
‚Nun mach' dich auf die Suche und leg die ge-wünschten Scheiben auf. Wird's bald?'
Was war schlimmer: Etwa die zu erwartende Pein schlechter Musik? Ich kenne Ihre Antwort. Glauben Sie mir. Also machte ich mich auf und besorgte die gewünschten Musikkonserven.

Kaum erklangen die ersten Takte, zuckte es in den Hüften. Der Impuls kam zweifelsohne aus irgendeinem fernen Teil meines Selbst.
‚Wie machst du das?‘, fragte ich ratlos.
‚Falsche Frage. Es muss heißen: Wie mache *ich* das.‘

Mit dem Einsatz des zweiten Stückes hüpfte und drehte ich mich im Takt der abscheulich banalen Melodie. Noch heftiger: Ich kannte den Text und sang lauthals mit. Ich brauche nicht anzufügen, wie schrecklich meine Stimme klingt. Angesichts der Absurdität stellt sich jede/r mit Leichtigkeit diesen peinlichen Auftritt vor. Mit Wiederholung der Ohrwürmer kam die Party erst richtig in Gang. Die Erde funkte besorgt klingende Anfragen, was denn bei mir hier oben los sei. Ich gab keine Antwort, nur um nichts Falsches zu sagen.

Kaum war die Musikkonserve beendet, besorgte ich eine zweite. Wie drücke ich es treffend aus: Mein Widerwille war nicht etwa gebrochen, er hatte sich in nichts aufgelöst. Bereitwillig kleidete ich mich für die folgende Runde um. Mit allem drum und dran: Cremes, künstliche, aber angenehme Gerüche. Alles war für die anstehende Sause vorbereitet. Lediglich die Suche nach Alkohol gestaltete sich schwierig. Doch für irgendetwas musste mein Chemielehrgang auf der Erde ja gut sein.

Der Kater am nächsten Morgen war sorgsam ausgereift. Trotzdem genoss ich dieses miese Gefühl. Einfach, weil ich es lange Zeit nicht mehr empfunden hatte. Der Kaffee war schwarz und koffeinhaltig.

Nachdem ich die zurückgebliebenen Spaßverderber auf der Erde mit entsprechenden Informationen ruhig gestellt hatte, setzte ich mich wieder an meinen bevorzugten Platz. Von irgendwoher stiegen mir die mahnenden Worte zu Kopf, dass ich wegen persönlicher Vergnügen die teuerste und bedeutsamste Expedition der Menschheit verantwortungslos auf's Spiel setzte. Was nur hatte mich dazu angetrieben? Verführt?

Fasziniert schaute ich in die Unendlichkeit. Ja, was war es gewesen? Die Antwort war schlicht und einfach: Ein bislang tief verschütteter Teil meines Selbst. Und was soll ich sagen: Wir beide wurden für den Rest der Reise die besten Freunde. Und etwas Besseres hätte mir überhaupt nicht widerfahren können. Denn die Langeweile und Einseitigkeit war damit ein für alle Mal verschwunden!

Worte wie Putzmittel

Jeden Tag zwischen zehn und dreizehn, sowie fünfzehn bis achtzehn Uhr durfte es nur eine Betätigung geben: Schreiben. Jedenfalls sah dies sein modern-Art-writing-as-special-buisiness Vertrag vor. Und Albért hielt sich penibel daran. Selbst während feucht-fröhlicher oder pulveriger Vergnügungen am späten Abend richtete er sich nach dieser Verpflichtung. Mit seinem Schlafbedürfnis auf vertrautem Fuß verschwand er von jeder Party, so verlockend sie auch wirkte, sobald die Grenze der anvisierten Restlauf-Schlafens-Zeit erreicht war. Ein unbeabsichtigter, aber willkommener Nebeneffekt des frühzeitigen Abschieds: Er ersparte sich den Konsum von Rauschmitteln jeglicher Art über ein bescheidenes Maß hinaus. Zudem jenen auf Partys bereitwillig angebahnten, auf ihn abstoßend wirkenden, aktiven Austausch von Körperflüssigkeiten mit seinem oder einem der anderen Geschlechter. Derartige Handlungen entsprachen einfach nicht Albérts hygienischem Maßstab.

Schenkte er seinem Sexualleben etwas mehr Aufmerksamkeit, was nur äußerst selten geschah, entdeckte er, in welch' bescheidenem Ausmaß diese spezielle Tätigkeit sein Leben bereicherte. Albért war sich seiner eigenen Verantwortung durchaus bewusst. Doch wirkte dies Bewusstsein nicht heftig genug. Er lebte nach der ihn bestimmenden Einsicht, einige Facetten seines speziellen Persönlichkeitsaufbaus schlichtweg hinnehmen zu müssen, wie er sie vorfand. Diese Richtung akzeptierte er widerspruchslos.

Nach Wochen der Enthaltsamkeit ergab er sich immer mal wieder sexuellen Phantasien, für die er sich schämte. Natürlich erst nachdem derartige Körperstellungen durch seinen Kopf flimmerten.
Er ahnte, wie wenig emanzipiert, *erwachsen*, sie allesamt waren. Zum Glück vergaß er alles, sobald er sich den Reizen für drei bis vier Minuten ergeben hatte. Er onanierte sie schlicht hinfort. Seine Phantasien mit einer unverbindlichen Partybekanntschaft zu verwirklichen, kam ihm nicht in den Sinn. Er wusste auch gar nicht, wie er dies hätte angehen sollen. Auf die Idee, über Bedürfnisse mit irgendwem zu reden, kam Albért nicht. Insgesamt gesehen war deren Bedeutung in seinem Leben zu gering. Unerwartet aufgetaucht, für wenige Minuten phantasiert und schon wieder vorüber. So einfach machte er es sich. Dies darf aber nicht weiter verwundern. Sein restliches Leben war kompliziert genug.

Menschenscheu

Viele glaubten, Albért um dessen Tätigkeit als Schreiber beneiden zu müssen. Dabei hatte er selbst für diese Tätigkeit erstaunlich wenig übrig. Es war keineswegs seine bevorzugte oder gar liebste Beschäftigung. Überhaupt nicht! Nein, schreiben war lediglich eine der ganz wenigen Erwerbsmöglichkeiten, die ihm seine Persönlichkeit erlaubte. Mit einem Kollegen oder einer Kollegin den gesamten Arbeitstag einen Büroraum zu teilen, erschien ihm auf Dauer gesehen vollkommen ausgeschlossen. Vielleicht ging dies eine Zeitlang gut, solange die Situation neu war und falls sie sich gegenseitig in Ruhe ließen. Mit der Zeit gesehen, bestand keine

Chance. Irgendwann musste man ja miteinander kommunizieren, falls es ihm nicht vorab gelang, eine unüberwindliche Mauer in den Weg zu stellen. Und sollte er ein solches Hindernis aufbauen, etwa mit der Bitte, sich ihm gegenüber zurückhaltend zu benehmen oder seinen launenhaften Ausbrüchen während der Arbeit keine Aufmerksamkeit zu schenken, reagierte der gegenüber sitzende Mensch wahrscheinlich betroffen, ablehnend auf eine derartig formulierte Aufforderung. Die Folge wäre ein miserables Arbeitsverhältnis. Folglich ließ er es lieber gleich bleiben und suchte sich eine Tätigkeit, die er alleine, wenn nicht sogar in Zurückgezogenheit, erledigen konnte. Diese Suche gestaltete sich äußerst langwierig. Eine Zeitlang versuchte er sich als Nachtwächter. Doch ein spezielles, sehr verstörendes Erlebnis (siehe Berufswerk S. 6 ff: *Nachtschicht*) schreckte ihn ein für alle mal ab. Danach geschah lange Zeit nichts, bis die öffentliche Behörde für Arbeitsgestaltung sich drohend vor ihm mit der Warnung aufblähte, ihn in den nächsten Monaten zwangs zu verpflichten, sollte er aus eigenem Antrieb keine Tätigkeit finden, annehmen können oder wollen. Diese Pflichtzuweisung verursachte bei Albért einen derart heftigen Tobsuchtsanfall, dass die Behörde für Arbeitsgestaltung von ihrer Aufsichtspflicht entbunden wurde und die medizinische Aufsichtsanstalt, mit allen klinischen Pflichten und Verantwortungen, unmittelbar nach seiner Auffälligkeit zu der gesellschaftlichen Einrichtung wurde, die als Aufsichtsbehörde in diesem Gesellschaftswesen über ihn als Individuum zu wachen im Stande war. (Comprende? So wird's sein im sich abzeichnenden Absurdistan!)

Aber wie umständlich! Ärzte mussten konsultiert, Gutachten erstellt, Glaubwürdigkeit geprüft werden. Wehe ihm, sollte einer der vielköpfigen Psych-Gays (ausgeschrieben: Psycho-Logen-Gaystlichen.

Anhand unwiderlegbarer Untersuchungen wurde festgestellt, dass nur homosexuelle Männer auf diesem speziellen Gebiet eine nützliche Begabung durch ihre Persönlichkeits-Symbiose erreichten) ihm auf die Schliche kommen und zur Einweisung in eine Anstalt empfehlen. Hatte nicht bereits seine leibliche Mutter diesen Schritt im Laufe der gesamten Kindheit den behördlichen Einrichtungen wiederholt empfohlen, ja, sogar ganz konkret eingefordert?! Und zwar so hartnäckig, bis ihre Eingaben, letztendlich, die Psych-Gays veranlassten, die Mutter da zu behalten, um nachzuschauen, ob ihr eigener, zwischen-menschlicher Umgang jenen unausgesprochenen, allerdings gesellschaftlich festgelegten Formen entsprach, deren Fehlen sie bei ihrem Sohn, wie sich herausstellte nicht ganz zu Unrecht, reklamierte.
Nicht, dass er übermäßig streitsüchtig gewesen wäre. Doch irgendetwas schuf einen Abstand zwischen allen anderen Menschen - und ihm. Gleich welchen Alters, Geschlechts, Aussehen, Auftreten. Albért ver-mochte sich nicht anzupassen. Smalltalk war ihm ganz und gar zuwider. Sollte es sich um neben-sächlich erkannte Themen handeln, verweigerte er jede Kommunikation. Und leider ließ er dies seine Mit-menschen fühlen, die mit seiner oberflächlichen Erklärung, keine Zeit mit Nichtigkeiten vergeuden zu wollen, nicht zufrieden - oder auch nur ruhig zu stellen – waren. Selbstverständlich schuldete ihm der starre Gesellschaftskörper etwas für dessen Forderung nach Konspiration. Zum Beispiel die Akzeptanz eines einzigen Handlungsstranges außerhalb der von ihr gesteckten Grenzen. Auf welcher Grundlage ein im Verhalten derart unkonformistischer Zeitgenosse Toleranz beanspruchen durfte, war nicht leicht darstellbar. Mal ehrlich: Da könnte jeder kommen! Und was dann auf diesem Planeten los sein würde, wollte man sich lieber nicht ausmalen. Die

Individualität war eine prima Sache. Doch niemand durfte sie auf die Spitze treiben. Wir alle wissen, wo derartig entfesseltes, von Normen und Gesetzen freigelassenes Verhalten endet: In der Anarchie! Obwohl: Die theoretische Anarchie fordert, wie man heute weiß, ein gehobenes Maß an Toleranz dem Andersdenkenden gegenüber. Aber was sollte der ganze Firlefanz? Wer entschied darüber, wer egozentrisch sein durfte und wer nicht? Und auf welcher Grundlage forderten Egomanen wie Albért mehr von ihrer Umwelt, als, sagen wir mal, der Durchschnitt? Zumal Albért der Gesellschaft nichts zurückzahlte. Etwa durch besondere Leistungen, Fähigkeiten oder persönliche Qualitäten. Wo führte missverstandene Toleranz demnach hin?
Das sind Querelen, in deren Folge Albért zur Stille fand. Er kommunizierte so wenig wie möglich und mied jede Geselligkeit. Er war fähig nachzuvollziehen, was seine Mitmenschen von ihm hielten. Es war ihnen nicht zu verdenken.

In einem unerwartet fruchtbaren Moment seiner Überlegung war er auf die Schreiberei gestoßen. Sofort investierte er die gesamten Rücklagen, um Schreibkurse zu belegen und erste, ganz bescheidene Schritte zu finanzieren. Natürlich gab es Widerstände zu überwinden. Immerhin war er kein Künstler oder auch nur begabter Schreiberling. Lediglich die geschilderte Exzentrik schuf eine leidliche Basis für sein Vorhaben. Ein Zufall kam ihm zu Hilfe: Sein innerer Widerspruch der menschenfreundlichen Misanthropie verhalf ihm zu einem schriftstellerischen Alleinstellungsmerkmal. Der Abstand zwischen seiner Person und den Mitmenschen war den Veröffentlichungen deutlich anzumerken. Ja, sie sind der Grund, weshalb man überhaupt auf seine Zeilen aufmerksam wurde. Entweder waren die Leser neugierig auf etwas ihnen Fremdes oder empfanden ähnlich, beziehungsweise erfreuten sich daran, dass sich eine Person darin versuchte, den Stoff derartiger Gefühle einer öffentlichen Aufmerksamkeit zuzuführen.

Wir müssen nicht darüber sprechen, wie bescheiden sein Auskommen blieb. Aber das machte Albért nichts. Zumal in den vorangegangenen Monaten willkommene Nebeneinnahmen durch einen Band mit Kurzgeschichten realisiert wurden. Sie dienten teilweise zur Vorlage für Drehbücher. Auf namentliche Nennung legte er keinen Wert, was den Produzenten außerordentlich entgegenkam. Albért war ausschließlich die korrekte finanzielle Abrechnung wichtig. Keinen der produzierten Streifen beehrte er mit seiner Anwesenheit. Nicht einmal einen Blick hielt er sie für wert und gab keinerlei öffentliche Kommentare. Noch so ein Vorteil für die Produzenten: Der Ideengeber hielt sich unauffällig im Hintergrund und mäkelte nicht an den gestümperten Umsetzungen herum, wie sie es von anderen, egomanischen Ideengebern her gewohnt waren, die sich in keinem Fall mit der erfolgten Umsetzung ihrer Ideen zufriedengaben. Jedes Mal wurde entweder ihre grandiose Grundidee entstellt oder eine Besetzung war völlig abwegig, die Kulissen unpassend, dass Licht schlecht und überhaupt alles andere dafür verantwortlich, dass ausgerechnet *ihr Stück* keinen Erfolg hatte.

Solange er also auf dieser Welle würde reiten können, erfreute er sich an der Möglichkeit. Jedenfalls soweit Freude und Genuss in dem Bereich seiner persönlichen Gefühlswelt vorgesehen war. Über eine ferne Zukunft mochte Albért in der Gegenwart nicht nachdenken. Sein Verlag für modern-Art-writing-as-special-buisiness verlockte durch Versprechungen, die um sein Wohlsein willen gar nicht alle verwirklicht werden mussten.

Reinlichkeit

Für welches Bedürfnis stand sein Putzfimmel? Reinlichkeit anstatt Beten? Sterilität anstelle von Ästhetik? Noch so eine Frage, deren Antwort sich Albért entzog. War es an der Zeit, sich einem Psych-Gay zu offenbaren und darauf zu hoffen, einer Mühe für Wert gehalten zu werden? Er war ein Sonderling. Darüber bestand kein Zweifel. Doch er war keineswegs eine Persönlichkeit. An die Mitmenschen richtete er lediglich einen Wunsch: Sie sollten ihn in Ruhe lassen!

Die Suche nach Kontakt, einem Gespräch, einer Beziehung, emotionalem Glück oder sexueller Erfüllung gehörten nicht in sein Repertoire. Eher die Vermeidung von Reibungspunkten. Bis er entdeckte, wie sich dies nach Außen gut verkaufen ließ, lagen die wenigen Freundschaften (verdienten sie überhaupt jene Bezeichnung?), Beziehungen und Nachbarschaften, zu denen er sich trotz allem bereit erklärt hatte, am Boden der Zerstörung. Das vordringlichste Ziel: solche Abläufe in der Zukunft tunlichst vermeiden. Besser kein Wort sprechen, als zum falschen Zeitpunkt ein heftiges. Derartiges Verhalten mochte niemand.

Wie bedeutsam ein Zusammenleben für den persönlichen Fortbestand ist, sollte Albért bald erfahren.

Doch sei die Frage erlaubt, welche sich ihm in diesem Falle unweigerlich aufgedrängt hätte: Rechtfertigt ein einziger, schrecklicher Augenblick die ununterbrochene Serie von qualvollen Momenten? Wobei das Zeitmaß «Moment» zu kurz gefasst ist, handelte es sich in doch um Tage, Wochen und Monate.

Zweifelsfrei verneinte Albért diese spezielle Frage. Selbst wenn er eine Bejahung wünschte, widersprach schon alleine seine ganz eigene Existenzvoraussetzung. Mit Staunen registrierte er die niederdrückende Last dieses als unverzichtbar erkannten Sicherheitsabstands zwischen der eigenen und anderer Person. Ihm offenbarte sich nirgends eine Alternative. Eine grundlegend-geläuterte Außendarstellung seiner Persönlichkeit, ohne aufrichtige Absicht sich tatsächlich ändern zu wollen, war nicht zu bewerkstelligen.

Ein willkommenes Thema für ein neues Stück. Noch war unklar, wie er es verarbeiten sollte.

Sobald er einen Leerlauf in seiner Arbeit spürte, was nicht selten vorkam, griff Albért zu Putzeimer, Reinigungsmittel, Schwamm oder Mob. So arbeitete er sich von Raum zu Raum, unterbrach den Putzfimmel sofort, wenn ihm ein brauchbarer Satz einfiel. Blitzte es überall in der Wohnung, so war dies ein untrügliches Zeichen für die Schreibklemme, in der er mit seiner aktuellen Arbeit gerade steckte.

Das Ende vom Spiel

Eine bloß winzige, jedoch folgenschwere Abweichung vom vollständig festgefahrenen Verhalten wurde zur unvorhersehbaren Ursache für folgenden, als unmöglich eingestuften Ereignisaufbaus:
Am dafür vorgesehenen Platz einer Trinkflasche stand statt ihrer die schärfste auf dem freien Markt befindliche Form von Toilettenreiniger.

Nicht jeder aufsteigenden Seele ist ein Blick zurück vergönnt. Albért allerdings durfte nicht nur schauen, sondern auch nachsinnen. Vielleicht aufgrund der Vielzahl menschlicher Verfehlungen, deren er sich schuldig gemacht hatte. Was sah er? Einen sich krümmenden Körper, der die blitzblanken Kacheln um die Toilettenschüssel herum mit allen menschlichen Säften besudelte, nachdem er schlaftrunken einen tiefen Schluck aus der gleich neben der Toilettenschüssel stehenden, vermeintlichen Wasserflasche genommen hatte.
In seiner Vorstellung eröffnete sich ihm ein attraktives Ende für die in Arbeit befindliche Kurzgeschichte. Da meldete die Blase einen Höchststand an Urin im Beutel. Sein Schlaf – und der fruchtbare Traum – wurde unterbrochen. Mit geschlossenen Augen tastete er sich auf dem kühlen Fußboden in Richtung Toilette, hob den Deckel, setzte sich und verschickte einen Hinweis an die Blase, sich nun leeren zu dürfen. Sein Hals meldete im Gegensatz zum anderen Organ Trockenheit. Er konnte sich darauf verlassen: Gleich rechts stand für derartige Zwecke eine Flasche klaren Mineralwassers. Und zwar als einzige in seiner Häuslichkeit geduldete sowie hygienisch akzeptierte Absonderlichkeit: Sprudelwasser in Reichweite der Toilettenschüssel.

Keine unbekannte Szenerie also. Nur ließ sich der Verschluss der Flasche heute vielleicht etwas schwieriger öffnen als gewöhnlich. Oder war er doch nur schlaftrunkener in Vergleich zu anderen Nächten? In Erwartung erfrischender Flüssigkeit setzte Albért zu einem tiefen Schluck an und ließ sie seine weit geöffnete Speiseröhre hinunterlaufen.

Die Anwesenheit einer Reinigungskraft hätte ihn vor dem bewahrt, was danach geschah. Die Unerträglichkeit menschlicher Nähe und seine obszön hohen Ansprüche an Reinlichkeit machten diese Möglichkeit zunichte.

Was folgte, war der Preis für die frei gewählte Zurückgezogenheit: Die Kalkstein und Urin in Minuten zersetzende Reinigungsflüssigkeit ätzte ein Loch von der Größe eines Roulettechips in seine Speiseröhre. Ein letzter, stimmgewaltiger Satz durchzuckte sein Schmer zerfülltes Bewusstsein:

»Und - war dein selbstgewähltes Handicap es wert?«

Das Programm, das niemand kannte

Die Zeit seiner Abwesenheit wurde mir lang. Ich telefonierte, schrieb E-Mails, einige SMS, sogar einen Brief. Eine Antwort erhielt ich nicht. Zuletzt machte ich mich auf und suchte Thomás, unaufgefordert, in seinen vier Wänden anzutreffen. Vergeblich. Ich war verwirrt und ratlos. Gehörte es zu meiner Pflicht, am Ball zu bleiben? Oder übertrieb ich es in der mir eigenen Art und Weise?
Die Suche über's Internet nach Familienangehörigen und Freunden, die mir weiterhelfen konnten, verlief ergebnislos. Derweil wucherten nur die sorgenvollen sowie fragwürdigen Gedanken. Gehörte ich überhaupt zu dem Personenkreis, den er vor dem Antritt einer langen Reise in Kenntnis setzte? Meinem Dafürhalten nach schon. Umgekehrt würde ich so handeln. Demzufolge erlaubte ich mir den Schluss, zu dem Kreis seiner Bekannten zu zählen, die würdig waren, über entscheidende Schritte informiert zu werden. Wir waren nahe Bekannte, mochten uns gut leiden und trafen uns regelmäßig. Weshalb erhielt ich nicht einmal eine kurze Nachricht? Eine ordinäre Postkarte hätte beruhigt und erfreut. Aber nichts. Schlicht und einfach gar nichts. Die Situation überforderte mich. Unmöglich, sich weiter ruhig zu verhalten.

Nach zwei Wochen gelang es mir endlich, seinen Bruder ausfindig zu machen: »Weißt du, wo sich Thomás aufhält?«
»Wer ist denn da?«
»Ein Freund von Thomàs.«
»Ein Name wäre hilfreich.«
»Wilhelm Brandt.«
»Kenn' ich nicht.«

»Bin ein Bekannter von Thomás, und nicht von ihnen.«

»Mag ja sein. Trotzdem weiß ich nicht, ob Thomás etwas mit ihnen zu tun haben will.«

»Das glaube ich sehr wohl. Ich habe ihm seinen letzten Auftrag vermittelt.«

»Welchen Auftrag?«

»Er sollte den Internetauftritt für das Büro für Studienplatztausch entwickeln. Vielleicht haben sie davon gehört. Und nun bitte ich sie, mir seinen gegenwärtigen Aufenthaltsort zu nennen, damit ich mich mit ihm in Verbindung setzen kann.«

»Sie müssen mir dies Misstrauen nachsehen. Thomás ist nämlich verschwunden. Ich weiß nicht, wohin und wie lange schon. Daher meine Zurückhaltung, als sie nach Thomás fragten.«

Einige Zeit blieb es still. Mir fiel nicht ein, welche Frage ich noch stellen sollte. Es kamen mir nur Floskeln in den Sinn: »Verschwunden, sagen sie? Keiner weiß, wie lange und wohin?«

»Genauso ist es. Wir haben die Behörden bereits eingeschaltet. Von deren Seite gibt es keine Erkenntnisse.«

»Er benötigt doch sicher finanzielle Mittel. Kann man nicht der Spur seiner Geldkarte folgen?«

»Auf die Idee sind wir auch gekommen. Leider sind keine Kontobewegungen nachvollziehbar. Selbst die Möglichkeit eines zweiten Giros bei einer anderen Filiale irgendwo im Land wurde berücksichtigt. Auch erscheinen keine aktuellen Einträge unter irgendeinem seiner Accounts. Absolute Stille.«

Die setzte auch in diesem Telefonat ein. Denn ich war sprachlos.

»Sind sie noch dran?«, fragte mich der Bruder.

»Ja. Mir fehlen nur die Worte. Können sie irgendeinen Punkt nennen, wo eine Suche anknüpfen könnte?«

»Nein. Nichts. Seine Sachen sind alle da. Selbst wichtige Dokumente. Vielleicht ist er verunglückt oder einem Verbrechen zum Opfer gefallen. Die Gedanken gehen mir nicht mehr aus dem Kopf.«

»Würden sie sich bitte meine Nummer notieren, für den Fall, dass sie etwas von ihm hören?«

»Aber natürlich.«

Wir tauschten die nötigen Zahlen aus. Mir fielen weiter keine nützlichen Worte ein. Deshalb wiederholte ich meine Fragen unabsichtlich, wie ein an Vergesslichkeit leidender, älterer Herr. Die Sache war mir unheimlich. Deshalb konnte ich den Hörer nicht auflegen. Rein gar nichts hatte ich in Erfahrung gebracht. Wie war weiter zu verfahren? Mit dieser befremdlichen Situation war ich überfordert. Einfach ablassen und die Sache vergessen war ausgeschlossen.

Bei nächster Gelegenheit besuchte ich unangemeldet die Vermisstenstelle der Policey. Dort begrüßte man mich überraschend aufgeschlossen. Der Grund dafür war: Die Zuständigen erhofften sich von mir neue Erkenntnisse, hatten sie mich in dem Zusammenhang des Verschwindens von Thomás doch noch nicht vernommen.

»Sie sind ein Freund?«, erkundigte sich der Beamte freundlich.

»Ein Entfernter, kann man sagen. Allerdings stehen wir uns nahe genug, eine geplante Reise zu erwähnen. Vor allem über den Zeitraum der Abwesenheit würden wir uns austauschen. Jedenfalls bin ich bis jetzt davon ausgegangen.«

»Jede Einzelheit ist für uns von Interesse. Das Verstehen sie sicher. Deshalb erzählen sie doch bitte weiter. Wie haben sie sich kennengelernt?«

Was hatte das mit dem Verschwinden zu tun? Aber ich wollte nicht unhöflich oder abweisend erscheinen und berichtete kurz und knapp: »Nun, wir haben uns

über unser gemeinsames Tätigkeitsfeld kennengelernt. Ich habe Thomás auf eine Stellenbeschreibung
des Instituts für künstliche Intelligenz aufmerksam gemacht. Er schien recht angetan. Wir sprachen jedenfalls häufig über die Möglichkeit von der Symbiose
zwischen Mensch und Maschine, der Turingmaschine,
wie er es zu bezeichnen beliebte.«
»Wenn ich richtig informiert bin, ist dies eine veraltete
Bezeichnung für ein neues Sachgebiet?«
»Ach wissen sie«, es machte sich bemerkbar, dass
ich mir den Namen des Gegenübers nicht gemerkt
hatte, »jenes Sachgebiet ist genauso alt, wie die recht
frühe Bezeichnung, die wir hier verwenden. Zeit hat in
diesem Zusammenhang keine Bedeutung, wenn ich
mich so ausdrücken darf.«
»Vielleicht kommen wir später darauf zurück, sobald
der *Fall* geklärt ist?«
Wer war der Mann? Weshalb interessierte ihn der
theoretische Hintergrund? Waren seine Fragen
hilfreich, die Nachforschungen voranzutreiben?
»Ich verstehe nicht recht? Sie wollen mit mir über die
Möglichkeiten der künstlichen Intelligenz diskutieren?
Da bin ich nicht der richtige Ansprechpartner. Jedenfalls im Vergleich zu Thomàs. Der hat sich mit den
Voraussetzungen intensiv auseinandergesetzt. Finden
sie ihn und sie haben den kompetentesten Ansprechpartner. Hört er, welche Mühen er ihnen verursacht
hat, wird er sich bereit erklären, ausführlichst Rede
und Antwort zu stehen. Dafür werde ich gerne
sorgen.«
»Das würden sie tun? Wie freundlich von ihnen!«
»Können wir nun zurück zum eigentlichen Thema
kommen? Wie ist der Stand ihrer Suche?«
»Wenn ich so sagen darf: Null.«
»Das ist ihre Antwort?«

»Ja. Denn da ist nichts zu berichten. Und dabei halte ich nicht einmal eine Kleinigkeit zurück, nur weil sie kein Verwandter von ihm sind. Es ist so, wie ich sage: Es gibt kaum Hinweise, denen wir nachgehen könnten.«

»Wo ist er denn zuletzt gesehen worden?«

»Im Institut.«

»Und? Hat ihn jemand dabei beobachtet, wie er das Gebäude wieder verließ?«

»Nein. Dann hätte ich ja das Institut nicht als letzten Ort benannt.«

»Seine Sachen? Wo sind die geblieben? Er wird doch nicht ohne eine Tasche zur Arbeit gegangen sein.«

»Nichts wurde entdeckt. Kein einziges Teil.«

»Irgendetwas ist doch faul an der Sache.«

»Das vermuten wir ebenfalls. Zuerst kam uns der Gedanke, er wäre vor einem Berg Schulden getürmt.«

»Das ist bei seinem Lebenswandel nicht möglich.«

»Richtig. Nachforschungen haben ergeben, dass er weder viel ausgab, noch irgendwelche Spielschulden oder andere finanzielle Verpflichtungen eingegangen ist, denen er nicht gerecht werden konnte. Sein Verdienst war ...«,

»Ist!«

»Pardon: *Ist* mehr als ausreichend für seinen Lebensstil. Soweit wir dies nachvollziehen können, gibt es keine unerquicklichen Frauen oder Männergeschichten. Eben sowenig andere ungewöhnliche Ereignisse, die ihn zum Untertauchen veranlasst haben könnten. Das ist der Stand der Ermittlungen. Wir haben die zuständigen ausländischen Behörden informiert. Alle Nachforschungen blieben bislang ohne Ergebnis. Nun stecken wir fest und warten ab, ob sich neue Hinweise ergeben, denen zu Folgen sich lohnt.«

Ich überlegte: »Ist es möglich, den Arbeitsplatz von Thomás zu besuchen? Sind so freundlich, mir dies zu ermöglichen und mich zu begleiten? Zwar erhalte ich wahrscheinlich auch ohne sie die Erlaubnis vom Institut, weil ich denen bekannt bin. Aber es wäre mir genehm, in Begleitung einer offiziellen Person nachzuschauen.«
»Was versprechen sie sich davon?«
»Von dort aus verliert sich seine Spur. Also habe ich die Hoffnung, wenn auch nur einen kleinen Hinweis im Institut zu finden. Nennen sie es, wie sie mögen. Ich verspüre den Drang, jede sich bietende Möglichkeit zu nutzen.«
»Wir hören immer gerne, falls man gewillt ist, uns zu helfen. Natürlich begleite ich sie, sobald der Termin mit dem Institut vereinbart ist. Bis dahin wünsche ich ihnen einen schönen Tag! Machen sie sich nicht allzu viele Sorgen. Unserer Erfahrung nach löst sich so mancher Vermisstenfall auf ganz unerwartete Weise und man fragt sich im Folgenden, weshalb man sich überhaupt mit derart kruden Gedanken abgeben hat.«
Mir war klar, dass man solche Floskeln in vergleichbaren Fällen an die Betroffenen richtete. Was ich noch nicht erfahren hatte, ist, wie überflüssig, ja ärgerlich sie auf den Empfänger wirken. Aus Respekt vor der angedienten Freundlichkeit hielt ich meinen Mund und ersparte auf diese Weise dem wohlmeinenden Beamten einen harschen Kommentar.

Kein Sprung des Panthers, sondern der Bits und Bytes

Das Institut zögerte keinen Augenblick und ließ mich und den Herrn von der Vermisstenstelle bereitwillig alle Räumlichkeiten besichtigen. So vor dem Schreibtisch von Thomás stehend, fragte ich mich, was ich hier eigentlich erwartet hatte.

»Und«, meinte mein Begleiter. »Erkennen sie irgendetwas Auffälliges?«

»Nein«, antwortete ich enttäuscht. »Wie ergeht es ihnen?« Er war der Experte. Von ihm hatten doch die Aufschlüsse zu kommen.

»Überhaupt nichts. Aber das war auch nicht zu erwarten. Es sei denn, ihre Herangehensweise wäre eine vollständig veränderte, unter Berücksichtigung einer neuen Perspektive.«

»Wie soll ich das verstehen?«, fragte ich.

»Nun, unsere Leute haben alles durchleuchtet und sind genauso ratlos, wie zu Beginn der Suche.«

»Welche veränderte Perspektive sollte ich bieten?«

»Erzählen sie etwas von der Arbeit ihres Freundes. Dabei könnten bisher unberücksichtigte Aspekte auftauchen.«

»Wie bereits angedeutet: Ihn beschäftigte die Möglichkeit der künstlichen Intelligenz. Wobei das Hauptaugenmerk auf *Intelligenz* liegt. Denn künstlich oder nicht, ist überhaupt keiner Frage würdig.«

»Sie meinen, es gibt keine *künstliche* Intelligenz?«

»Wir meinen, dass die Einschränkung *künstlich* im Zusammenhang mit Intelligenz restlos überflüssig und nichtssagend ist. Entweder der Tatbestand von Intelligenz wird erfüllt oder eben nicht. Wobei immer noch die eigentliche Frage offenbleibt, was Intelligenz überhaupt ist.«

»Wie interessant! Sind sie beide zu einem Ergebnis gekommen?«

»Nichts, was die Welt bewegen würde. Wir haben Intelligenz als rationale Strategiesuche zur Bewältigung der zahllosen Herausforderungen in deterministischen Systemen oder anders umschrieben: Realitäten betrachtet.«

»Haben sie die Freundlichkeit, mir dies eingehender zu erklären?«

»Jegliches Handeln aufgrund einer abstrakten Analyse, das über einen bestimmten Reiz oder einen instinktiven, angeborenen Impuls hinausgeht, kann als *intelligent* betrachtet werden.«

»Demnach alles, was mehr als einen Handgriff oder einen einzigen Gedanken benötigt?«

Der Herr schien eine Ahnung aufgrund meiner oberflächlichen Beschreibung zu gewinnen: »Richtig! Obwohl beides Intelligenz voraussetzen mag, wenn eine gewisse Komplexität verlangt wird. Der Begriff umfasst ein großes, unüberschaubares Terrain und entzieht sich damit einer exakten Definition.«

Der Herr lachte: »Das sollten unsere Psychologen und Therapeuten in der Dienststelle besser nicht hören. Sie schwören auf ihre Intelligenztests, müssen sie wissen.«

»Dem ist, unter bestimmten Aspekten, auch nichts entgegenzuhalten. Ich warne nur vor einer allzu strengen Eingrenzung. Eine unelastische Definition schließt aus, was unter Umständen von Bedeutung ist. Dies hätte nur eine unleidliche Betriebsblindheit mit Zeit und Nerven vergeudenden Diskussionen zur Folge.«

»Wirklich aufschlussreich! Ich nehme an, dieser Ansatz umfasst auch ganz praktische Gebiete?«

»Alles, was unser Körper benötigt und nicht vom Baum gepflückt wird, muss strategisch erworben, produziert, gesucht, gestaltet werden. Wie auch immer sie es auszudrücken wünschen. Benutzen von Hilfsmitteln setzt eindeutig intelligente Vorgehensweisen voraus, weil abstrakte Zusammenhänge geknüpft werden.«

»Demnach wären selbst Tiere intelligent?«

»Wenn sie so wollen: Ja.«

Meine Begleitung lächelte aufgekratzt: »Ich wusste immer, dass Mildew mehr drauf hat, als nur ein paar Mäuse zu jagen.«

Ich war perplex: »Wer ist Mildew?«

»Meine Katze.«

Es war ratsam, nicht näher auf dies Thema einzugehen. Tierhalter gehörten zu einer unbelehrbaren Spezies, die überall und ausschließlich Bestätigung für ihre bereits feststehende Ansicht suchten. Deshalb nickte ich lediglich mit dem Kopf, um das Thema abzuschließen.

»Und ihr Freund versuchte, etwas zu erschaffen, was intelligent wäre. Eine Art denkende Maschine?«

Wieder ein vom Laien vermintes Gebiet. Deshalb antwortete ich nur spärlich bejahend: »Mhhmhh.«

»Eine maschinelle Intelligenz also.«

»Präzise gesprochen: Eine nicht menschliche Intelligenz.«

»Und wie weit ist er damit gekommen?«

»Bis zu den selbstlernenden Programmen. Allerdings waren alle Versuche und Experimente darauf angewiesen, einen äußeren Impuls, quasi als Anstoß, zu erhalten. Damit war er nicht zufrieden. Wir haben einige Zeit nicht mehr gesprochen. Ich habe mir nichts dabei gedacht und von meiner Seite aus keinen Versuch unternommen, Thomás zu besuchen. Das bereue ich. Erst, nachdem er verschollen war, habe ich mit meinen Bemühungen begonnen. Ich will mir nicht vorstellen, dass ihm etwas Abträgliches widerfahren sein könnte.«

»Sorgen sie sich um seine Arbeit?«

»Nein, nur um die Person. Seine Arbeit hat keinen so bedeutenden Stellenwert, um ihn in irgendwelche Schwierigkeiten zu verwickeln. Dafür forschen zu viele andere Menschen erfolgversprechend in jenem Bereich. Robotik, lernfähige Programme, computergesteuerte Teile des menschlichen Körpers - auf diesem Gebiet bewegt sich sehr viel. Keine Einzelperson sticht da heraus. Es sind vielmehr die Privatwirtschaft, Teams in Instituten, die einen Fortschritt vermelden. Keine Einzelperson.«

»So vollständig sind sie über die Arbeit ihres Freundes informiert?«

Ich überlegte mir die Antwort. War ich das? Hatte Thomás mit mir über alles gesprochen? Doch eher nicht. Zwar bin ich kein Konkurrent, aber auch niemand, den er für seine Arbeit in irgendeiner Weise benötigt. Einzig die intellektuelle Anregung unserer Gespräche mochte er gut leiden. Je länger ich überlegte, desto unsicherer wurde ich.

»Sie sind auf einmal so ruhig. Haben sie etwas entdeckt?«

»Nein. Nur ihr Hinweis auf unsere Nähe hat mir zu denken gegeben. Vermutlich hätte er mich nicht bevorzugt über einen Durchbruch informiert. Wir waren nicht das, was gemeinhin unter beste Freunde verstanden wird. Eher gut miteinander bekannt.«

»Aber die Sorge um ihn ist ihnen deutlich anzumerken.«

»Weil mir sein Verschwinden völlig untypisch erscheint. Es passt nicht zu Thomás. Er war nicht bekannt für spektakuläre Auftritte.« Ich kam in's Grübeln: »Lassen sie uns die anderen Räume besichtigen.«

»Sie meinen diejenigen, die er für seine Arbeit benutzte?«

Ich fühlte mich aufgekratzt: »Ja.«

Den Rundgang nutzte meine Begleitung zur Befragung weiterer Mitarbeiter und Mitarbeiterinnen des Instituts. Alle drückten ihre Verwunderung aus. Niemand hatte eine plausible Erklärung für sein Verschwinden. Einen gemeinsamen Punkt ergab die Befragung jedoch: Thomás verbrachte im letzten halben Jahr sehr viel Zeit im Institut. Ganze Tage und Nächte, wie man uns versicherte. Leider trafen wir niemanden, der ausführlich über seine Arbeit berichten konnte.

»Seltsam.« Mein Begleiter war verwirrt: »Wie ist es möglich, an einem solch bedeutenden Arbeitsbereich so zurückgezogen zu forschen.«

»Eben weil man kein außergewöhnliches Fachgebiet beackert. Nur der Allgemeinheit scheint das so. Oder man ist in eine Sackgasse geraten«, antwortete ich.

»Andererseits steht man womöglich kurz vor einem Durchbruch. Nur so lange Eventualitäten überprüft werden, hält man sich zurück, um einer Blamage vorzubeugen.«

Damit hatte er nicht unrecht. Ich begann, die Sache in einem neuen Licht zu sehen. Deshalb also hatte sich Thomás nicht gemeldet. Er hatte eine Entdeckung gemacht, die er alleine überprüfen wollte. Vielleicht, um sich nicht bloß zu stellen. Dann konnte es sich nicht um etwas Bedeutungsloses handeln. Ich drehte ab und begab mich an seinen Schreibtisch, zog alle

Schubladen heraus, kniete vor dem Möbel und untersuchte jegliche Ecken und Kanten. Und wirklich fanden sich einige Seiten mit kryptischen Formeln und Zeichen übersät. Es war kein deutliches Versteck, doch ein Platz, wo sie überhaupt nicht auffielen. Also besser getarnt, als oberflächlich versteckt.

Ich warf einen Blick auf die Papiere und verstand so gut wie nichts. Nur so viel: Er hatte mit einem *Etwas* kommuniziert, was weder Mensch noch Maschine war.

»Und«, unterbrach mich mein Begleiter. »Was haben sie entdeckt? Was teilen diese Seiten mit?«

»Kann ich nicht genau sagen. Es geht um Kommunikation. Auf den ersten Blick wirkt alles absurd. Vielleicht sogar verwirrt. Wir legen diese Seiten am besten dem Kybernetiker des Instituts vor. Und falls der nicht weiter weiß, halt dem Nächsten, den er uns empfiehlt ...«

Wir hasteten davon, erhielten aber überall und von jedem ein ratloses Kopfschütteln zur Antwort. Was sie dort lasen, war entweder pure Phantasie oder das Produkt eines verwirrten Geistes. Wir landeten am Ende in der Kantine bei zwei Tassen Kaffee.

»Ich habe zugehört, aber nichts verstanden. Diese Zeilen bleiben mir ein Rätsel. Bitte klären sie mich auf«, forderte mein Begleiter von mir.

»Offen gesprochen: Es wäre beschämend. Was auf den Papieren notiert wurde, gleicht dem Thomás, den ich zu kennen glaube, wenig.«

»Ich werde sie für nichts zur Verantwortung ziehen und ihre Aussagen diskret behandeln. Das kann ich ihnen als Laie fest zusagen.«

»Darum geht es mir gar nicht. Ich möchte nur nicht das Bild meines Bekannten verunglimpfen.«

»Bitte!«, beharrte die Begleitung.

Nach einigem Zögern stand ich auf: »Dann kommen sie mit. Ich möchte das Wenige, was ich berichten kann, am Ort des Geschehens erledigt wissen, damit sie sich ein Bild machen können.«

»Es gibt es zu sehen?«

»Warten wir ab!«

Beide hasteten wir in den Computerraum. Es empfing uns eine unangenehm kühle Temperatur.

»Hier hat Thomás seine Zeit verbracht. Und zwar in der Auseinandersetzung mit dieser«, ich zeigte auf eine Wand des Raumes, »Turingmaschine. Ich muss betonen: Ich verstehe ich nicht alles, was hier notiert wurde. Auch andere haben sich ergebnislos um die korrekte Wiedergabe dessen bemüht, was zwischen den Zeilen versteckt ist. Das Bitte ich zu berücksichtigen, wenn wir an dieser Stelle in die Sphäre reiner Spekulation wechseln: Laut den Unterlagen hat es im Verlauf seiner Forschungen eine Art von *Kommunikation* zwischen der Maschine und ihm gegeben.«

Mein Gegenüber schaute fragend.

»Stellen sie sich dies bitte nicht als herkömmlichen Schwatz vor. Es wird mit der Eingabe eines Codes begonnen haben. Und das entwickelte Programm reagierte. Und zwar eigenständig. Unabhängig, soweit die Einschätzung Thomás. Ihm war nicht klar, weshalb, weil er noch nicht die gesamten Zusammenhänge erfasste. Es galt zu kontrollieren, ob nur Zufall im Spiel ist. Alles ist mit dem speziellen Code in Gang gekommen. Ich bin nicht berechtigt, diesen spezifischen Code einzugeben. Deshalb habe ich einen Kollegen gebeten, uns zu assistieren. Er wird in den nächsten Minuten eintreffen.«

»Informieren sie mich derweil«, fragte mein Begleiter, »welche Funktionen all' diese Kameras und anderen Apparaturen haben.«

»Sie bieten der Turingmaschine die Möglichkeit einer sensomotorischen Aufnahme der Umgebung.«

»Aber hier in diesem Raum ist doch nichts, was sich zu beobachten lohnt.«

»Da haben sie recht.«

Mein Begleiter zeigte auf eine der Kameras: »Trotzdem blinkt ein rotes Licht unter diesem Gerät abwechselnd heller und dunkler, weitet sich aus, beziehungsweise zieht sich zusammen. Ist es in Betrieb oder sonst irgendwie aktiv?«

Er war wirklich ein sehr aufmerksamer Beobachter. Ich näherte mich der Linse, um das Bild aus nächster Nähe zu betrachten, und schreckte heftig vor dem zurück, was ich zu sehen glaubte.

»Was ist?«, fragte mich mein Begleiter.

»Nichts. Ich hatte den fälschlichen Eindruck, die Silhouette von Thomás in der Linse erkannt zu haben. Es wirkte fast, als würde er um Hilfe rufen.«

Mein Begleiter näherte sich der Linse auf wenige Zentimeter, prallte zurück, packte mich am Arm und brüllte: »Öffnen sie sofort diese Seite der Maschine.«

»Wie denn? Wir haben kein Werkzeug dabei. Und ein Öffnen ist auch gar nicht vorgesehen. Zudem ist die Gefahr, etwas zu zerstören, zu groß. Stellen sie sich die Folgen vor!«

»Machen sie sich um die Folgen keine Gedanken. Ich übernehme die Verantwortung.« Er griff nach einem Stuhl und drosch auf die Wand der Turingmaschine ein. Mehr als Beulen verursachte er nicht. Zwei Mitarbeiter des Instituts kamen herbeigeeilt. Er befahl ihnen, unverzüglich diese Maschine zu öffnen. Natürlich weigerten sie sich. Doch sein nachdrückliches Auftreten gab letztendlich den Ausschlag. Und siehe da: Es war simpel.

Allen Anwesenden wurde später absolutes Stillschweigen abverlangt. Überflüssigerweise, wie sich

herausstellte. Wie soll man darlegen, was nicht einmal im Ansatz erklärbar ist?! Seit diesem Tag brütet ein Großteil des Instituts über das Vermächtnis von Thomás. Bislang ohne Ergebnis. Oder man teilt es mir nicht mit, weil ich als Außenstehender kein Recht habe, mehr zu erfahren. Kann ich gut nachvollziehen, ist mir die Vorstellung von den Folgen einer Auflösung jener rätselhaften Ereignisse nur zu präsent.
Das Bild einer völlig eingefallenen, leblosen Hülle von Thomás verfolgt mich bis in meine Träume. Leitungen staken aus Ohren, Augen und Nasenlöcher. Die Haut war ledern. Überhaupt schien dem gesamten Körper seine Flüssigkeit entzogen. Weil wir im ersten Schock das leblose Fleisch bewegten, zerstörten wir einige Verbindungen. Niemand vermochte in der folgenden Zeit die ursprüngliche Verkabelung zwischen Körper und der Turingmaschine rekonstruieren. Der gesamte Aufbau blieb fremd und vollständig unverständlich.

Und ich frage mich immer wieder: Was habe ich tatsächlich in der Linse gesehen? War es wirklich ein Bild von Thomás, wie er mit Entsetzen im Blick um Hilfe schrie? Und wenn es kein Trugbild war: Was hatte dies zu bedeuten? War ein Teil seiner Persönlichkeit in die Turingmaschine eingegangen und dort gefangen? Vielleicht in einer Art Symbiose von Mensch und Maschine? Selbst wenn dies der Fall sein sollte, offensichtlich war Thomás nicht davon angetan. Es entzog sich meiner Phantasie, wie ein vom Körper losgelöstes menschliches Bewusstsein in einer Turingmaschine weiter existieren konnte.

Die Folgen für das menschliche Überbleibsel waren in den Augen des in der Kamera widergespiegelten Bildnisses deutlich abzulesen: Entsetzen. Verwirrung. Angst. Falls es die folgende Stufe der Evolution sein sollte, die Thomás mit seiner Arbeit mehr zufällig offenbart hat, so wollte ich nichts damit zu tun haben. Mir schwebte immer nur das kleine rote, blinkende Licht vor Augen, sowie der unerhörte Schrei aus der Turingmaschine: »Ich bin hier! Hier bin ich! Seht ihr mich denn nicht?«

Weitere Veröffentlichungen des Autors:

Berufswerk - Business Storys

als Taschenbuch ISBN: 978-3-7347-1027-8

und als Kindle eBook

In diesem Band werden einige ausufernde Ereignisse
unserer aktuellen Arbeitswelt beschrieben.
Was widerfährt etwa dem selbstständigen Grafiker,
falls die durch Existenzängste geschaffenen Werke
sich unbarmherzig gegen ihn wenden?
Eine Nachtschicht mit befremdenden Problemen
belastet wird? Die Ärzte uns in einem Wartezimmer
(fast) vergessen?
Ein Psychologe an seiner Aufgabe (ver-)zweifelt?
Ist es undenkbar, dass ein fehlerhafter Strichcode, die
an sich schlichte Warenbestellung in ein rätselhaftes
Labyrinth ausufern lässt?
Oder die Fülle einer zu schreibenden Geschichte die
körperlichen Grenzen eines Autors strapaziert?
Wenig überraschend wirkt ein unbarmherziger
Erfolgsdruck verheerend auf einen jungen
Programmierer.
Und wie verhalten wir uns einem mysteriösen Boten
gegenüber, dessen Nachricht wir nicht verstehen?

Dieses und mehr ist nachzulesen. Angesichts dessen
wirkt das Klagen über tägliche Routine wie ein leises
Raunen am Rande eines unheimlichen Waldes.

... wie aus einer anderen Welt.

Werde Asche Mutter

als Taschenbuch: ISBN: 978-3-8482-3015-0
und als Kindle eBook

Diese Geschichte einer Kindheit und Jugend führt in
die Vergangenheit. Sie folgt der Frage, welche
Szenarien eine persönliche Prägung verursachen. In
der Erzählung sind es situationsbedingt recht
anschauliche. Es könnten genauso gut farblose sein.
Aber immer ist es die entscheidende Frage, welchen
Umgang wir im späteren Leben mit ihnen pflegen.
Spielt uns die Erinnerung vielleicht nur einen bösen
Streich? Oder steht uns der Sinn nach einer
Entschuldigung und Rechtfertigung für gegenwärtige
Handlungen?
Wonach suchen wir überhaupt? Findet sich in der
Vergangenheit, was unsere Sinne heute beschäftigt?

Eine Wiener Kriminalgeschichte

als gebundene Ausgabe ISBN: 978-3-7448-9020-5
und als Kindle eBook

Wir befinden uns im Jahr des Wiener Kongresses:
1815.
Der gezeichnete Geselle Zacharias Borsig empfindet
das Gefühl der Abgesonderheit, der Getrenntheit von
allen übrigen Menschen als schmerzliche Tatsache.
Noch bevor er sein erstes Verbrechen begeht,
welches seinen zukünftigen Weg bestimmt, fühlt er
sich wie in einem Gefängnis des eigenen Selbst, dem
er nicht entkommen kann. Die sich vor ihm
auftürmende Schwierigkeit, seine Einsamkeit zu
überwinden, verführt ihn zu panischen Handlungen,
die in vollständiger Isolierung enden. Die radikale
Absonderung von der Umwelt glaubt er nur
überwinden zu können, indem er den wahnsinnigen
Versuch exerziert, seine Umwelt verschwinden zu
lassen.
Nur wenige Figuren haben eine anonyme Verbindung
zu den Bluttaten, die einer Klärung dienlich sein
könnten: ein Polizeyhauptmeister und ein Pfarrer.
Beide haben mit dem Schrecken furchtbar zu ringen.
Zumal eine weitere verirrte Seele die Situation
verkompliziert.

Niemand will es gewesen sein, der die Dämonen auf
den Plan rief. Doch im Verlaufe der Geschichte hat
jeder auf seine persönliche Weise einen Kampf mit
ihnen auszufechten.